溫柔的殺戮

COGAN'S TRADE

George V. Higgins
喬治．希金斯 著
劉育林 譯

臉譜小說選 13

溫柔的殺戮 Cogan's Trade

作　　者　喬治・希金斯 George V. Higgins
譯　　者　劉育林
編輯協力　陳銘杰
封面設計　小子

業　　務　陳玫潾
行銷企畫　陳彩玉、蔡宛玲
總 編 輯　劉麗真
總 經 理　陳逸瑛
發 行 人　凃玉雲

城邦讀書花園
www.cite.com.tw

出　　版　臉譜出版
台北市中山區民生東路二段141號5樓 02-25007696

發　　行　城邦文化事業股份有限公司
英屬蓋曼群島商家庭傳媒股份有限公司城邦分公司
台北市中山區民生東路二段141號11樓
讀者服務專線：02-25007718；25007719
服務時間：週一至週五上午09:30～12:00；下午13:30～17:00
24小時傳真專線：02-25001990；25001991
讀者服務信箱E-mail：service@readingclub.com.tw
劃撥帳號：19863813　戶名：書虫股份有限公司
城邦讀書花園網址：http://www.cite.com.tw
臉譜推理星空網址：http://www.faces.com.tw

香港發行　城邦（香港）出版集團
香港灣仔駱克道193號東超商業中心1樓
電話：852-25086231／傳真：852-25789337
Email：hkcite@biznetvigator.com

馬新發行　城邦（馬新）出版集團 Cite (M) Sdn Bhd
41, Jalan Radin Anum, Bandar Baru Sri Petaling,
57000 Kuala Lumpur, Malaysia.
電話：603-90578822／傳真：603-90576622
Email：cite@cite.com.my

初版一刷　2012年10月1日

I S B N　978-986-235-211-3
定價260元
（本書如有缺頁、破損、倒裝，請寄回本社更換）

國家圖書館出版品預行編目資料

溫柔的殺戮／喬治・希金斯（George V. Higgins）著；劉育林譯. -- 初版. -- 臺北市：臉譜出版：家庭傳媒城邦分公司發行, 2012.10
面；　公分. --（臉譜小說選；13）
譯自：Cogan's trade
ISBN 978-986-235-211-3（平裝）

874.57　　101018249

名人推薦

喬治．希金斯是美國犯罪寫實小說的大師，他獨到的筆力刻畫出令人難忘的角色，並且善用對白來推進整個故事。聽他筆下人物說話真是一大樂事，他們一開口，往往說出許多線索來。

——**勞倫斯．卜洛克，推理小說暢銷作家**

不只法庭驚悚，各種類型的小說家若是能多讀希金斯的作品，肯定會功力大增。

——**約翰．葛里遜，推理小說暢銷作家**

希金斯刷新了犯罪小說的風貌，足以與錢德勒和漢密特那樣的大師同列。

——**史考特．托羅，《我無罪》作者**

本書重現了真實犯罪的片段，其中粗鄙又生猛的污言穢語，宛如原音重現。

——H.R.F.**基亭，推理小說名家**

巴爾札克的品味……寫出波士頓陰暗角落的詩歌……可信度高、說服力強……希金斯就不算是當代小說家的前鋒（如東妮．莫里森、約翰．厄普戴克等人），他也絕不在他們之後。

——**莫迪凱．里奇勒，《巴尼正傳》原著作者**

媒體好評

終極的冷硬派。

——《波士頓環球報》

一如勒卡雷擅於描繪間諜世界，希金斯也徹底掌握美國黑社會的面貌。在《溫柔的殺戮》中，他以上乘的技巧將黑幫世界帶到讀者面前。

——《每日鏡報》

他是波士頓黑社會的巴爾札克……希金斯描寫說話口氣的才華幾乎是獨一無二的，每一段對話……都像一枚指紋般獨特。

——《紐約客》

可讀性高，娛樂性高，描繪下層社會的眾生百態，無人能及。

——《費城詢問報》

沒有哪個現役的犯罪作家能像希金斯衝撞現有成規，挑動閱讀張力。

——《衛報》

喬治・希金斯對波士頓黑幫口語的圓熟掌控堪稱一絕。

——《聖荷西水星新聞》

1

這一天，約翰．亞瑪多穿了件灰色西裝，打了條栗金色的領帶，配上紅細紋的粉紅色立體織面襯衫，左手的法式反折袖口還繡有他姓名起首的JA兩個字母。他坐在一張胡桃木飾面的腰果形辦公桌後方，瞪著眼前的人。「我不得不說，」他說：「你們兩個真是一對寶，竟然給我遲到了四個小時，穿得這麼破破爛爛，又髒又臭。操，就一副剛蹲過牢才放出來的鳥樣。」

「都是他不好，」頭一個傢伙說：「硬是拖到這麼晚，害我一直在那邊等了又等。」

這兩個人都穿著內襯紅麂皮的黑色長統靴。一個穿著軍綠色外套、磨損的灰色毛衣和褪色的藍色牛仔褲，一頭金褐色的長髮，蓄有一整片的連腮鬢角；另一個則穿著軍綠色外套、灰色運動衫和骯髒的白牛仔褲，一頭黑髮及肩，臉上還冒出黑色的鬍根。

「我得去把那些狗關起來，」第二個傢伙說：「一共有十四隻狗，那可要費點工夫。我沒辦法把牠們丟在外面，就這樣跑去別的地方。」

「瞧你一身狗毛，」亞瑪多說：「想必是忙著跟那些狗打炮吧，我猜。」

「還不都為了趕那些狗進門，松鼠，」第二個傢伙說：「我才剛從牢裡出來，又不像你有肥水可撈，不必煩惱就有好生意上門，而且還都是些好康的，我當然得拚命賺錢。」

「這兒的人都喊我『強尼』，」亞瑪多說：「你也可以叫我強尼，雖然我的員工都叫我『先生』，但你這樣叫就可以了。」

「我會試著改口，松鼠，真的不騙你，」第二個傢伙說：「體諒我一點，好嗎？我才剛從牢裡出來，腦筋他媽的是一片漿糊，我現在必須做的，就是重新適應社會。」

「你不能找別的人來嗎？」亞瑪多對頭一個傢伙說：「這個衰鬼看起來簡直像坨屎，又沒禮貌，真的要我忍受他？」

「要另外找也可以，」頭一個傢伙說：「但你知道，是你說要我找個靠得住的人來。這傢伙叫羅素，他雖然有點自作聰明，但是人沒問題，不過前提是你要能受得了他。」

「就是啊，」羅素說：「而且像老哥你這樣，有事情需要搞定，又沒有種親自動手，我想是該學著多忍耐點。」

「我真的不喜歡這個鳥雞巴人，」亞瑪多對頭一個人說：「在我看來，這小子還他媽的太嫩。你去外面另外找個粗壯的黑鬼如何？我無法邊交代事情，邊忍耐這個死王八蛋。」

「羅素，幫個忙好不好，」頭一個傢伙說：「閉上你的鳥嘴，別惹他行不行？他正在幫我們的忙，你知不知道？。」

「我哪曉得？」羅素說：「我以為是他需要我們幫忙。是這樣嗎，松鼠？你是想幫我們的忙？」

「你他媽的給我滾出去！」亞瑪多說。

「嘿，」羅素說：「幹嘛這麼對人說話？你他媽的也不過是個開駕訓班的，有必要這麼對人說話嗎？」

「我的計畫是找兩個傢伙來辦這事，」亞瑪多說：「預計能撈到三萬塊錢。像他這樣的蠢蛋，法蘭基，我隨便花點零錢銅板就可以叫來一打，而且還會免費多送一個。去找別的人來吧，法蘭基，我受不了這爛咖。」

「還記得那些傳票嗎？」法蘭基問道。

「傳票，」亞瑪多說：「什麼傳票？我們總共收到了九百多張傳票。我一轉身就有條子拿出東西要我簽收，你說的是什麼傳票？」

「就是那些條子拿著來抓我們，」法蘭基說：「聯邦法院開的傳票。」

「抓我們去排排站讓人指認，」亞瑪多說：「沒錯，那回有個大黑佬還緊盯著我不放。」

「高個兒，沙利。」法蘭基說。

「我不知道他的名字，」亞瑪多說：「我們說話從來就不對盤，他老是要脫我的褲子，而我總是拚命阻止他。那混蛋還說什麼『撐住一分鐘就好，白小子，我要戳進你的俏屁股，爽它個一回』，真他媽的混蛋，他嘴上搽的白唇膏簡直跟精液一樣。」

「隔天晚上他就不在了。」法蘭基說。

「隔天晚上我也不在了，」亞瑪多說：「有我在的地方，就不該有那個混蛋黑鬼。為了對付那混蛋，我給了比利．唐恩一把木工鑿子，如果我在的話，比利就會先在活動廣場逮住他。那些該死的蠢獄卒，你千萬別想靠他們，需要他們的時候，連個鬼影也沒有，但人總會學想出新對策，尤其那黑鬼又不夠小心。」

「你待過諾福克監獄？」法蘭基說。

「沒錯，我在諾福克待過。」亞瑪多說：「我一整天枯坐在法庭，聽一個小鬼向我那個天殺的律師問一堆狗屁問題，而我只想著比利會怎麼對付那個蠢蛋。我回去的時候，判決就出來了——我要被送去諾福克。那天晚上，我只見到那個穿得一身灰的修女，問我想不想學他媽的吉他。」

「我認識她，」羅素說：「她整個監獄走透透，還去過康科特的監獄。我對她說：

『這位姊妹，如果我想彈吉他，我就會去弄一把他媽的吉他。』那之後她就不理我了，但是有不少傢伙還滿喜歡她。」

「那天晚上，那個黑鬼被送進了醫院。」法蘭基說。

「那太好了，」亞瑪多說：「希望他**翹辮子**。」

「他沒死，」法蘭基說：「不過我看到他了，腦袋上有一大片頭皮不見了。」

「喔。」亞瑪多說。

「是他幹的。」法蘭基邊說，頭朝羅素點了點。

「少臭蓋了。」亞瑪多說。

「像剝一顆他媽的柳丁那樣。」法蘭基說。

「比較像是剝他媽的樹皮，」羅素說：「我沒見過有人的頭皮像他那麼薄的。」

「他想要上你？」亞瑪多說。

「他的確是想那麼幹，」羅素說：「他打量我的樣子，好像他是全世界最壯的黑鬼，而且他看上了我。但是我有刀片。我到那邊之前遇到了一個傢伙，他說如果我身上有值一百塊的東西，就可以跟他交換刀片，而我很可能派得上用場。結果我去那兒不到十分鐘，那個黑鬼就來找我。不過，他沒再來第二次。」

「這就是為什麼我找他來的原因，」法蘭基說：「他雖然討人厭，但手腳很靈活。」

「他有癮頭嗎？」亞瑪多說：「你們兩個有癮頭嗎？」

「**法蘭基**，」羅素說：「你有在**嗑**什麼嗎？」

「閉上你的鳥嘴行嗎，羅素？」法蘭基說：「算有吧，打從我出獄後，除了喝酒之外也沒有別的。但我喝也喝不多，大部分是啤酒。我一直在等錢用，才能喝點威士忌之類的。」

「你還嗑藥，」亞瑪多說：「在牢裡的時候，你有嗑藥。我親眼看到的，別忘了，你嗑小黃[1]嗑得可凶呢。」

「約翰，」法蘭基說：「嗑小黃是在牢裡的事，那裡可沒有供應啤酒，我有什麼就嗑什麼，出獄後我就沒再碰那玩意兒了。」

「那他呢？」亞瑪多說。

「呵，松鼠啊，」羅素說：「我可沒在嗑什麼東西。我啊，一、兩罐瑞波酒[2]和幾根大麻也許是有，或許還試過一、兩次小毒包[3]。你知道嗎，我只是用鼻子吸，說我在嗑什麼，就不太對了。你知道嗎，我還當過童子軍哩。在那裡，他們會先搜你的身，然後才開始教你怎麼打繩結之類的玩意兒。」

「海洛因！」亞瑪多對法蘭基說，法蘭基聳了聳肩。「我要你找個幫手來，你卻找了這癟三，我不過是想把事情搞定，好好賺個一筆，我也只要求找兩個傢伙來料理很簡單的事，不要搞砸了，這就是你能幫的大忙。真他媽該死的毒蟲！我儘管可以讓你們兩個去，直接就搞砸進監牢。但是，你們這次搞砸了，再過一百萬年也等不到這麼一件好事上門。你知道，要是我到外面去找一個條件不錯的傢伙，他卻在辦事的時候給我嗨翻天什麼的，這可是一點也不**好玩**。我想要的就是他媽的弄到那筆錢，如此而已。」

「我說松鼠，」羅素說：「我小時候就是嗑咳嗽糖漿嗑到翻過去，也沒惹出任何麻煩。後來我在我叔叔手下做事，還曾為他深入險境，你知道嗎？那時我每天將臉塗得漆黑，手拿四五手槍，嘴裡啣著刀去那個鬼地方。如果在地道裡沒遇上任何事，那天就算是個好日子，但那樣的好日子並不多，地道裡可能只有一條他媽的大蛇，或是什麼想吃掉你的怪物。如果是壞日子，就會有瘦不啦嘰的混蛋拿槍想要斃了你。若是沒人想殺你，就是地上有條鐵絲，而你連想都沒想到，或者是剛好沒注意之類的，結果它連到了某樣東西，一絆到就馬上引爆；再不然就是有用草蓋著的尖竹釘陷阱，釘上

1 yellowjacket，一種膠囊狀麻醉藥品。
2 Ripple，加烈葡萄酒的品牌，七〇年代盛行於美國，因價格低廉，故被稱為酗酒者與窮人的飲品。
3 dime bag，大約美金十元內的廉價少量毒品。

還塗了毒之類的玩意兒，一刺中就馬上進入你的血液，毒性迅速發作。

「幸好，我運氣沒那麼背，」羅素說：「在那些地道待了快兩年，但從沒遇上壞日子。雖然我沒錢買幾輛福特野馬，過著教那些小笨蛋學開車的無聊生活，但是我也沒遇上壞日子。

「重點在於，**松鼠老兄**，」羅素說：「在那段期間，我根本不知道什麼時候會遇上壞日子，你知道嗎？剛開始的時候，我認為這不過是有沒有種的問題而已。我不想得罪你，但我一直算是很有種，你知道嗎？而且我想，我感覺還不錯，都是因為這個緣故，因為我有膽量，所以我不會有問題。我那時看過好幾個進地道的傢伙給裝在綠色袋子裡運了出來。他們很倒霉，在壞日子進入地道，自己又沒有膽，而且在那麼漆黑的地方，也沒辦法動刀動槍，他媽的詭雷又到處都是，你根本就看不見。

「那些事讓我開始思考，」羅素說：「我不是很會動腦筋的人，但我開始想些事情了。我想到，不錯，我所在的環境很惡劣，而我一點辦法也沒有，唯有膽量和好運是我擁有的一切，我唯一能掌握的只有膽量。我絕不能遇上壞日子，不過我沒法自己決定。所以，當我從地道出來，知道自己明天還要進去時，我唯一想到的就是，我又撐過了一天，就是這樣。所以我才開始抽點大麻什麼的，而且也真的有些幫助。

「然後我開始觀察其他人，」羅素說：「我邊看邊想，他們全部或是絕大部分多多少少都有抽點什麼。他們在哈草，你知道嗎？癮頭可都不小，行動也變得有些遲緩。我留意種種的變化，發現大麻在我身上起的作用，就跟他們身上的一樣。我只用了一點點，但也開始明白這可能就是其他人一開始抽大麻的情況。你會忘記事情，但你想要的，就是別去在乎任何事，很有趣吧。接著有幾個年紀較大的，喝酒喝得很凶，人很快就變得不太對勁，那很不好，他們的手開始發抖，但他們沒留意這些事。在那種地方，地上到處都有引爆詭雷的線、尖竹釘，或是別的玩意兒。沒錯，你得要長時間保持警覺，不然就沒有活命的機會，你不能讓自己變得遲緩下來。

「所以我開始試試海洛因，」羅素說：「你總得試點新玩意，所以我弄了點那種白色粉末。當我再次從地道裡出來，確定當晚不用再回去**之後**，我就拿出來試試。我一開始是用鼻子吸，之後有幾次也試過別種方式，但大部分還是用吸的。用過之後，我還滿喜歡的。

「好吧，」羅素說：「其實是吸了之後會感到很爽，但你知道，它其實對你沒有任何好處。在那種地方，那玩意根本保護不了你。可是當你進了地道，出來之後又還要再進去，這種狀況下你不會希望自己一直想著也許下次就出不來了，或是老是想著就算出來也還是要再進去，而且總有一天你會用光你的好運。所以吸白粉真他媽的很爽，它不會讓你行動遲緩，只會讓你感覺很爽，那就是我要的。」

「那好，」亞瑪多說：「當你準備進行我的計畫，又同時想要追求那種感覺，於是就吸了白粉，整個人飄飄欲仙，他媽的爽到不行，然後就這樣鬼吼鬼叫，吃了子彈。當一個小子自以為不會搞砸事情的時候，事情就會因為這樣而搞砸，真是好得很，我他媽的就是擔心這點。」

「他不會有事的，約翰。」法蘭基說。

「**也許**他不會有事，」亞瑪多說：「也許他會出事，又或許出事的是**你**。我不希望任何人因為這件事情受傷，不需要、也沒必要搞成那樣，不管是進去那裡的人或是已經在場的人，都一樣。重點是錢，我要的是錢，不要別的，別給我弄出什麼**狗屁倒灶**的事。如果只是一般普通的狀況，出點紕漏，沒問題，我還可以冒個險，隨便找兩個可能會壞事的傢伙，相信他們嘴上說的『不會出事』。然後就這樣，他們進去了，事情搞砸了，那怕地點是在銀行或之類的地方，那都沒關係。反正再過一週那兩個傢伙自然會變得精明些。但這件事情不同，完全是兩碼事。一旦搞砸了，事情就毀了，沒有第二次機會。所以我必須好好考慮，必須有十足的把握。我得找人談談，花點時間好好想想，總之，我有的是時間慢慢琢磨。」

「約翰，」法蘭基說：「我需要銀子，我在牢裡待太久了，又一直找不到機會。你不能這樣乾耗我的時間。」

「我說老弟呀，」亞瑪多說：「你見過我老婆康妮吧？她很會做烤豬排，你知道嗎，她塞了特殊配方進去，味道真是棒極了。不久前的一個晚上，她又弄了烤豬排，那天是我頭一次在家吃飯，但是卻吃不下烤豬排。所以我對我老婆說：『康妮，妳以後別再烤豬排給我吃了。』其實我以前很愛吃，總說那是她做得最棒的一道菜。她是個料理高手，我是說，貨真價實的料理高手，這就是為什麼她一直那麼肥的原因，她喜歡吃，又喜歡做菜，而且做得很好，然後自己再把做的菜統統吃下去。我對她說：『培根或是火腿都行，我不管那是不是豬肉，我就是不想再吃烤豬排了，做點烤豆子行不行？別再弄豬排給我吃，豆子我就吃，豬排不吃。』嗯，所以我到快餐店買外帶特餐，自己在車上吃。雖然我已經快要七年沒跟家人一起吃飯，但現在我還是吃快餐店的外帶特餐。你記得我搞砸過一件事嗎？那次我選了個不適當的傢伙辦事，那時我們時間緊迫，得趕快行動，又亟需這筆錢，況且我們覺得他應該沒問題，可是最後我卻成了最慘的那個人。當時我們用了他，我也知道他這個人我真是信不過，我無法具體解釋，但我就是知道那傢伙不適合，總之我還是用了他，也果然是用錯了人。最後是我在牢房蹲了將近七年，每天都吃油膩膩的爛豬排。現在我的孩子長大了，生意只是過得去，並不如預期的順利。但你知道嗎，我無法重新再來過了。現在我無法再吃原本最愛吃的東西，因為那些東西提醒我在牢裡的日子。所以，從現在起我不能著急，事情該怎麼辦，就怎麼辦；至於你有什麼困難，我不想管。我們可以做這一票大的，而且辦得到，前提是我們能安安穩穩的辦妥，不要把這件好事搞砸，也不要惹麻煩上身。我已經嚐過那些宇宙無敵難吃的爛豬肉，我不會再去吃一次，那次是我最後一次把自己搞得灰頭土臉，以後不會了。你星期四打電話給我，我心裡就會有譜，到時候你就知道了。」

2

公園街地鐵站第二月臺，羅素站在離法蘭基四呎的地方。「好了，」他說：「我人到了，我們要過去，還是怎樣？」

法蘭基斜靠在一根紅白相間的柱子上。「看情況吧。」他說。

「看誰的情況？」羅素說：「我今天早上五點十五分就起來，一直忙到現在，**整個人**都累垮了。要是不去他那裡的話，我本來還有機會去打一炮的。」

「現在的人都不在晚上打炮了嗎？」法蘭基說：「像我老妹珊蒂，以前年輕的時候，除非把她綁起來，否則你休想要她晚上待在家裡。現在我住她那裡五個星期了，她每週二和週三的下午都跑出去，從不回家睡。」

「想必是個消防隊員，」羅素說：「值夜班的消防隊員，而且肯定很年輕，才會讓她週末都不用跑出去了。」

「也可能是他媽的條子，」法蘭基說：「條子也跟消防隊員一樣。我對我老妹說：『這不干我的事，珊蒂，不過我希望妳別跟狗屁條子搞在一起。』她聽了看著我，說：『為什麼不能跟條子在一起？你們身上有的，哪個條子身上沒有？』我覺得她真是可憐。」

「你應該可憐你自己。」羅素說。

「我當然有。」法蘭基說：「不過她從來都沒有什麼好的機會，倒也不是說她人不好，她可從沒來做過什麼壞事，她只是一直沒遇到好的機會。」

「根本沒有所謂的好機會，」羅素說：「這又不是什麼新鮮事！我剛才說的那個馬子，要我這邊結束之後去她那兒，我對她說，不行，我還得去別的地方，今天晚上妳有什麼事，為什麼不能晚上來？她說她必須工作，下班後很晚了。我才不在乎，以前我也常搞到很晚。她是在醫院當護士。總之，她對我說：『得了吧，我一整天在幫老頭子洗屁股，做一大堆事，一整天都得站著，在那之後你以為我還會想打炮？你想的也就是這檔子事吧？只不過到那時候，我沒興趣了。』」

「她一定有什麼特別之處，」法蘭基說：「我看得出她會是個什麼樣的馬子，要不然你大可在報紙上找個應召女郎，人也漂亮，但可能是個屄有病的。」

「得了吧，」羅素說：「我的情況你應該曉得，我有將近四年的時間都是自立自強。所以我連蛇都願意幹，只要能找到人幫我抓住牠。但這些馬子，這麼說吧，如果你看清長相了，就不會想幹她們，你懂嗎？不過再怎麼說她們都還是有洞可插。」

越過軌道的南向月臺上出現了一名男子，身軀龐大且行動不協調。他穿著白色連身工作服，提著一個藍色塑膠桶，轉過身望著牆壁。他放下桶子，雙手插腰。那牆上被人用紅漆噴上歪歪斜斜的字，每個字有十八吋高，寫的是：**南方佬吃大便**。他彎下腰，從桶內拿出一支鋼刷和一罐溶劑。

「但願我能像你那麼想，」法蘭基說：「我似乎無法把心思擺在任何事上。我老在想，哪天我能離開這個鬼地方就好了，你知道嗎，到時候他們最好把所有的女人都撤離城市。但你知道我怎麼做嗎？我成天睡覺，誰別來煩我。我想我真的會一直睡，至少最近都是這樣。不做什麼，就只是睡、睡、睡。所以呢，我根本不曉得這是件什麼事，他打算要幹什麼。我承認，他是那種發神經的混蛋，但你知道嗎，他至少有在動腦筋，我就不動腦筋。從出來的那一天起，他就到處看，東張西望，立刻想到點子。我一直在想，不斷的想，老天，只要讓我有點錢，我就可以擺脫這一切，過平常人的生活。可是我辦不到，我想不出任何名堂，沒有弄錢的門道。我妹夫狄恩，基本上人還不壞，但是不太講話。你知道他在幹嘛？他在看商品型錄，所有的型錄都看，那些好像都是寄來的？這狗娘養的，他在加油站工作，每天中午去上班，一直到晚上八點半下班。一回家他就在看商品型錄，他媽的電子商品型錄。他在加油站辛苦工作，渾身沾滿了油污，我老妹卻在外面和跟別人上床。即便我就睡在他的沙發上，喝他的啤酒，他卻對我一無所知。他來自梅登，但他根本不曉得我是哪裡人？他們兩個結婚時，我人還在牢裡。雖然如此，他卻對我說：『有件事，別告訴珊蒂好嗎？因為要是你告訴她，她就會開始懷疑我是怎麼知道這個的。我想你也許需要消消火；我認識一個馬子，平常在外面上班，我猜她老公以為她都是晚上十二點下班，其實她差不多十點就下班了，你可以去找她。』我就對他說——我沒說我有多想知道她的名字——我告訴他，我有需要的話，會去問珊蒂，他不用幫我這種忙。所以我說，謝啦，但是你知道的，我現在沒地方可去，能上哪去跟馬子打炮？我沒車，身上又剩不到三十塊，你說，這樣到底能幹什麼？

「於是他說，」法蘭基說：「他和珊蒂會出去，我可以在他們家裡搞。是喔，也許他的小孩會半夜爬起來，跑來看我在做什麼，為什麼弄得那麼吵，然後發現我在沙發上打炮。這可行不通，事實就是如此，根本行不通。我必須搞點銀子來花，而約翰手上的這件事，是我目前唯一的指望。我必須聽聽他要幹什麼。」

「聽他放屁，」羅素說：「要聽他說些什麼？我是願意聽他說，可是我一到他面前，他就什麼都不肯講。幹他媽的，他不喜歡我，那沒問題，可是我不想在啥都不知道的事情裡頭參一腳，那種事我以前幹過，現在不幹了。我現在做的事，是我自己辦得到的，也是為了得到我想要的，也許要花更久的時間，但是我辦得到。從現在起我要用自己的方法做事，而不是呆坐在松鼠那裡，聽他放臭屁。」

「好吧，」法蘭基說：「那就是我一直在講的，你可以加入，也可以離開，都沒問題。我也希望自己能像你一樣要來就來，要走就走，但是我的情況不同。照那傢伙的講法，這件事每人至少能分到一萬塊。你不想要那一萬塊，那很好，但是我想要。而且除此之外，我沒有別的門道賺一萬塊，但你有。」

「沒那麼多啦，」羅素說：「我預估這件事拿不到一萬塊。五千，最多七千，不會到一萬。你若給我一萬，我馬上飛也似的落跑，就當我從來沒來過這裡。我很清楚，我自己幹的那檔事也能夠得到那麼多的錢，而且不必替他跑腿，不必幹他計畫的事，我也能夠拿到一樣多的錢，雖然我得花比較多的時間，但是我現在幹的事就是有那樣的賺頭，那是我本事，你知道嗎，是我自己的本事，我自己想出來的賺錢辦法，我知道該怎麼做。所以，那傢伙不喜歡我，是吧？那好，我也不必拍他的馬屁，我根本不想那麼做，去他媽的。反正就看你跟他的意思了，你們兩個決定。你們要我，願意讓我加入，我就加入。他是個很有想法的傢伙，那很好。你想要另外找人，那也很好，我無所謂。」

一班從劍橋開出、藍白相間的列車駛進站來，車門打開了。一個喝醉的老頭重心不穩的站起來，無視於列車門在他背後打開，竟搖搖晃晃的衝向羅素與法蘭基面前開啟的這扇車門。他穿著綠色格子外套，白襯衫與黑西裝褲，鬍子有好幾天沒刮，左臉頰有一大塊紅紅的瘀傷，左耳流著鮮血，兩隻黑皮鞋的邊緣開了口，露出沒穿襪子的大拇趾。他趕在車門關起來之前上了車，彎著腰將指節血色殷紅的左手伸向橘色座椅的邊緣，顛晃晃的坐下，並往後靠向了座椅。車門關上，列車開往多徹斯特。

「他一定狠狠幹了一架，」羅素說：「真想見見跟他對打的傢伙。」

「他像是打敗了，」法蘭基說：「我老爸就曾經那副德性回到家。我老爸是個怪咖，發薪水的日子沒半點毛病，領了支票後工作個一整天，然後回家，把錢交給我老媽。當天晚上兩人就一起出去，上街購物。他們回家後會看看電視，他或許還會喝個兩瓶啤酒，頂多就是兩瓶。好幾次，我一大早下樓時，會看到他坐的那張椅子旁邊的桌上有酒杯，裝著氣都跑光的隔夜啤酒。我還記得那味道，第一次嚐的時候，我心想：這麼難喝的東西，怎麼還有人喝。他每天早上起來就去上班，但有些時候他狀況不太好。通常的情況是，他下班後就回家，看看書或做點什麼，話從來就不多。但有些時候，沒任何原因——你也根本無法得知——他沒回家，雖然並非總是如此，但有時候會，而他總是知道什麼時候要那麼做。要是時間晚了，他又還沒回家，我老媽就會開始擔心，到處走來走去。如果他還是沒回家，她就會念起聖母經之類的，要是過了七點半還不回來，她就會走去碗櫃，那是他們存放購物所剩餘錢的地方，錢放在一個花生醬罐子裡。他消失不回家的日子，那罐子就會一直是空的——一直都是如此。

他要是超過三天不見蹤影，再次回到家時，外表總是那個樣子，像是被打敗了似的。

「我還記得他最後一次在戒酒中心的情況。」法蘭基說：「我必須帶他去那裡，唉，主要是因為我老媽，她對我說：『你現在二十歲了，就由你照顧他吧。這本來是我的事，但我受夠了，你帶他去戒酒中心吧。』所以我帶他去賈布奇克農場，是由墨菲博士開辦的戒酒中心。我辦了入院登記後，他還是一副醉茫茫的樣子，而且他才裝了新的假牙，他告訴我說，呃，我知道他要告訴我什麼，他要我拿下他的假牙，幫他保管。那副假牙一共花了兩百六十塊美金。這下可好了，我該拿我老頭的假牙怎麼辦？我搞不好也會弄丟，所以我對那傢伙說，聽著，他說不定會出院，總之不論怎麼樣，最好是讓院方保管他的假牙。於是他們把假牙裝在一個盒子裡，我親眼看他們放進去的。

「一星期後我回去看他，」法蘭基說：「我是說，我喜歡那個老混帳。他沒有打任何人。以前我妹珊蒂老是跑來跑去，他都快氣瘋了，卻也拿她莫可奈何。總之他人並不壞，所以我還是會去探望他。

「他們常在後面那個房間逗留，大家排排坐，」法蘭基說：「乍看之下，那個房間有許多張桌子和一架電視，簡直就像他媽的酒吧。我搞不懂，也許他們就是要刻意那樣安排。他們早上九點可以喝一杯，中午再喝一杯，又一杯。我的老天，那整個地方，樹林子裡都是酒瓶。有個傢伙決定也要住進院裡，在那之前，他帶了幾個朋友天天來，每次都在他說的那片林子裡放個十瓶酒。那人告訴我，院裡有個傢伙隨時都醉醺醺的，但他從沒接近那片樹林。他們裡面的人都很清楚，有誰喝醉了，而每當有人喝醉，大家就會開始小心的偷偷觀察他。而那傢伙，當他認為沒人注意他時，就會走到空地去，拿著一個鉗子之類的東西鑽到他車子底下。原來那人在住院之前，在他車子的水箱裡灌滿了伏特加，而大家卻一直以為他在喝防凍劑。他們還發現一些傢伙在灌腸袋裡裝了酒，偷帶進院裡。到了晚上，院方的人會到處巡視，檢查每一個廁所水箱，有些傢伙總愛把酒藏在裡面。

「我去那裡的時候，」法蘭基說：「發現我老頭交了個朋友，是個曾經和他一起工作過的傢伙，他們兩個都在服用三聚乙醛，摻進一小杯開水裡喝。那個人有時候去找他，會帶著一支滴管和一壺水，然後滴幾滴三聚乙醛到杯子裡，兌些水，兩個人就坐下來慢慢啜著。電視開著，播放益智性節目之類的，他們倆卻視而不見。他們手上夾著菸，菸燒到底，燙到手指，都聞得到皮膚燒焦味了。我對天發誓，你這時還得告訴他們，他們才會發現這件事。然後，他們會看了看，說：『噢，是喔。』然後把菸丟掉，再看看自己的手指，就又再點起一根菸。他們根本沒半點感覺。

「那傢伙叫柏克，」法蘭基說：「我老頭的朋友叫柏克，兩個人都在服用三聚乙醛，他們聞起來像臭鼬，真的是像臭鼬。那藥味會讓酒聞起來像香水一樣。然後我老頭開始嚷嚷，說他已經住院一個星期，感覺好多了，他要裝回假牙。但是那兒的人卻找不到他的假牙。他嚷個沒完，那是全新的假牙，居然找不到了，他媽的跑哪裡去了，他好不容易感覺好多了，想要吃東西，但他的假牙呢？這整個過程，柏克都在睡覺，我想他是在睡覺，眼睛閉著，我知道他應該沒有死。

「於是我去找管理員，」法蘭基說：「我對他說：『老兄，我老頭想要他的假牙，現在他情況相當好，不會亂咬人了，他的假牙呢？』那傢伙告訴我的，跟對我老頭說的幾乎一樣：『我不知道他的假牙在哪裡。我把那該死的東西放進一個盒子，盒子還在，但假牙不見了。打從他入院開始，他和柏克就一直在說他的假牙。我真的不知道，到處都沒看到，我買一副新的給他好了，我真的不知道在哪。』

「所以我又回去，」法蘭基說：「柏克這下醒了，至少眼睛是睜開的，而我老頭整個人氣瘋了，在沒有牙齒的情況下極力想把話說清楚：『這兒真是他媽的好地方，你進來，他們拿走你的假牙，他媽的一群混蛋，』然後他就一直這麼阿、阿、阿，口齒不清的說他的假牙不見了，然後柏克漸漸坐直了，最後大笑起來，原來他戴了兩副假牙，除了他自己的，還有我老頭的，兩副假牙戴在一起，活像是會吃人的鯊魚。我本來以為我老頭會殺了他，但只見他要回了假牙，在袖子擦了擦，就裝回嘴巴裡。我看這老混帳是差不多清醒了，他對我說：『看到沒？看到沒？你這個小混帳，該長大去做點正事了，別碰他媽的酒精。看看你那一副衰樣？滾出去，快去賺大錢，離他媽的柏克遠一點，你這個吃屎的蠢貨！』然後他就去揍柏克了。

「我告訴你，」法蘭基說：「我認為他說的對，我一直認為他是對的。」

「但是你還不是幹了那件事被逮了，那個死胖子，」羅素說：「現在又要你再幹一次，再次被逮。」

「我們可不是在球場那種地方認識的，」法蘭基說：「請記住，你已經把好運用光了，而且你也有可能被逮。」

「因為我現在做的事？」羅素說。

「那跟你做什麼事的關係不大，」法蘭基說：「你關了多久？」

「一年半。」羅素說。

「外加他們幫你安的罪名，」法蘭基說：「那些傢伙肯定會給你罪受。偷狗去賣，我的老天，你別鬧了。」

「你知道嗎？」羅素說：「我打賭他們不會抓我，甚至連罪名都不會有。我打賭他們不會。而且，天啊，做這件事真是再容易不過了。好比今天早上我們去的薩伯里。那些蠢貨，他們一早起來，下了樓，就把狗放出來——他們根本不知道自己在幹什麼。你就只要在那裡坐著，願意的話，也可以把車停在他們的院子，根本不會有人注意到你。一隻價值四百塊的狗就這樣放出來了，汪汪汪的一直衝到門前，你只要坐在那裡拿著一小塊肉向牠招著：『來吧，小狗狗，在這裡，快來。』牠就會撲向那塊肉。要是牠在房子裡，而你想試著闖進去的話，牠很可能會咬斷你他媽的腿。可是你將一塊很便宜的羊肉塊亮出來，才八角錢，只要兩分鐘，馬上就得手。像我今天抓的那隻拉布拉多，很漂亮的一條狗，那些人連門都還沒關上，牠就已經狼吞虎嚥的吃起肉來，口水流得滿地都是，尾巴啪嗒啪嗒的搖，快活得像一隻在爛泥裡打滾的豬。牠邊享受那塊肉，我還邊揉牠耳朵，那隻狗愛我愛得要死。你說到錢，是吧？要到星期天，那些蠢蛋才會發現狗不見了，下星期我就會去佛羅里達把狗賣掉，開價兩百塊錢，甚至用不著推銷。用不著動腦筋，只要有膽子就行。」

「搞這個才兩百塊，」法蘭基說：「約翰說的可是每人分一萬。」

「是啊，」羅素說：「可是他沒說我們要怎樣弄到那筆錢，也沒說他太沒膽，不敢自己出手，所以才要我們去幹，他只要坐享其成，啥都不必做。到底那是什麼好買賣，他沒提半個字，卻在有人會嗑藥嗑過頭這點上大作文章。」

「如果他說有好事的，」法蘭基說：「就真的是有。如果那傢伙在顧慮什麼，好比說他不想去做或是不想搞砸，那你也只得接受，事情就是這樣。你不能怪那傢伙，他沒有問題。」

「是啦，是啦，」羅素說：「他是夠小心，上一回他提個主意要你去做，讓你蹲了多久苦窯？大概六十八個月，我沒說錯吧？」

「是五年半，」法蘭基說：「那不是他的錯。別忘了，他自己也進了監牢。」

「那又怎樣，」羅素說：「安排事情的人是他，對吧？現在他又想出了另一個好點子，那沒問題。但是我和肯尼有事情要幹，再給我們一個星期，我們會弄來二十條好狗，我向你保證，到時我們就有古柯鹼了。哪裡有古柯鹼，我就會在那裡。我會弄到錢，我就**快發了**。從今天算起，再給我一個月，我就能弄到一輛古奇重型機車[1]，而且不必看任何人的臭臉。」

一班從劍橋發車的銀色列車開了進來，車頭那塊寫著「昆西市」的紅色鑲板遮住了對面那個身軀龐大的男子。那傢伙已經去除了「南方佬」幾個字，正要開始除去「吃」那個字。

「我想，你是不要一起去囉。」法蘭基說。

「噢，」羅素說：「你去見那傢伙吧，看看能不能讓他透露一些計畫的內容給你，我會在這附近轉轉。你先去弄清楚到底是什麼事，如果還是感興趣，我沒問題。由你決定，如果你想做，那很好，我會加入，即便我現在還不知道是什麼事。如果他堅持不要我加入，我就不加入。但是浪費一整個下午在這件事情上，我可不幹。」

1 Moto Guzzi，十分有名且歷史悠久的義大利重型機車品牌。

3

「他跑去打炮了，」法蘭基說：「他說他有兩個選擇，來這裡或是去打炮。他決定去打炮。」

「也怪不得他，」亞瑪多說：「如果我今天有相同的選擇，大概也不會在這裡了。這麼看來，你還是對這件事感興趣，有沒有另外找人？想到其他人選了嗎？」

「我沒另外去找，」法蘭基說：「我不知道，羅素還是感興趣。他沒來是因為他說，你若是想讓他加入，那好，他就加入；你若是不想，那也好，不用勉強，他照樣過得下去。」

亞瑪多沉默了半晌，然後說：「法蘭克，我就是看那傢伙不順眼，你知道嗎？我就是不喜歡他。」

「他倒還好，」法蘭基說：「只不過給人的第一印象太強烈，但基本上沒問題，而且他這個人非常、非常的可靠。」

「的確，在用過博士那傢伙之後，我們都需要可靠的人。」亞瑪多說。

「沒錯，」法蘭基說：「我是不介意再碰上那混蛋，但得過些時候，等我心情好一點再說。」

「我想你是碰不到他了，」亞瑪多說：「據我所知，已經有好一陣子沒人看到過博士了。」

「是嗎？」法蘭基說：「這就怪了，他會去哪？」

「呃，」亞瑪多說：「你知道，那很難說。他以前在舊金山待過，老是說總有一天要回去那裡。他說我們這兒太冷，不適合他。」

「那樣的話，他搞不好回舊金山了。」法蘭基說。

「是啊，」亞瑪多說：「這些當然是聽迪隆說的，他有消息的管道。」

「噢。」法蘭基說。

「迪隆的氣色很差，」亞瑪多說：「看起來很不好。幾天前我在城裡見到他，臉色蒼白，嘴也發白。我沒有上前跟他說話，但是他看起來真的很不好。」

「迪隆老了。」法蘭基說。

「我們誰不是？」亞瑪多說：「拿我來說吧，還記得那天我任由你帶來的蠢蛋在我面前放肆；我以前才不會這樣。老天，要知道我對自家小鬼可是一向都用吼的。過去七年，我一個月大約只見那些小混蛋一次，現在我終於回家了，卻常常臭罵他們。我現在也老是跟我老婆對罵，以前我從不跟她吵的，就算她在一旁煩我煩要死，我還是逆來順受。可是，你知道嗎？我現在不想忍了，因為我老了。而且我發過誓，媽的，我在牢裡發過誓，等我出來，我下半輩子的每一分每一秒都要過得有價值。誰都休想再把我弄到牢裡去，我要能安安心心睡覺，不會有某些爛人挺著老二隔著鐵條頂過來。對，這就是我要的。但我辦到了沒有？沒有，當然沒有。我跟以前一樣，還是大混蛋一個。」

「羅素很容易惹毛別人，」法蘭基說：「他就是那調調。」

「是啊，」亞瑪多說：「但是照我以前的作風，我才不在乎他是不是會惹毛全天下的人，你知道嗎？他沒法惹毛我。如果他適合幹那件事，他的行事作風就要能配合。去他媽的，我又不是要跟那傢伙結婚，我要求的、我腦子裡唯一想的，就是他必須適合幹那件事，如果我認為他適合，那就沒問題。」

「唔，」法蘭基說：「那你改變了主意沒有？」

「我還不清楚，」亞瑪多說：「我到處在打聽他這個人。你知道，我沒問太多人，因為我不想讓人覺得我好像在盤算些什麼，不需要那樣。但是，嗯，我擔心他並不是我們該找來做這件事的那種人。如果你料理這件事的方法不對，就可能傷到別人，我並不想那樣，我們沒有理由那樣，你懂嗎？殺了人，也不會搞到更多錢或得到什麼好東西，那根本沒意義。你必須找做得來的人，而不是個性瘋狂、陰晴不定的傢伙，這就是關鍵。

「你們要應付的那些人，」亞瑪多說：「可不是在銀行之類的地方上班。那些銀行員早知道總有一天會跑來些壞蛋上門搶錢，但是搶的又不是他們自己的錢，所以他們早想好該怎麼反應，才不會挺身而出。不過，這些傢伙可是完完全全不同。」

「狠角色。」法蘭基說。

「是狠角色沒錯，」亞瑪多說：「特別是其中的某些人，你根本不曉得什麼時候，哪一個人會突然跳出來，壞了你的好事，然後你他媽的就不得不開槍打人，天哪，搞得是一團亂。他們裡面有些自以為了不起、當自己是號人物的，要是看見有人闖進去，神色又不夠沉著鎮定——這些傢伙一眼就看得出來——而且就算搞不清楚，他們也絕不會任由上門找碴的混蛋順利得逞。總之，整個情況會大大的不同，而且是很糟的那種不同。」

「約翰，你該不會又想跟我講北城那些事吧[1]？」

1 North End，位於波士頓東北角，為最早開發的住宅區，自一六三〇年起陸續有非洲、愛爾蘭、猶太、義大利等移民，現今居民主要為義大利裔移民，而有小義大利之稱。

「你是說希臘骰子[2]？」亞瑪多說：「不，完全是兩碼子事。但我還是要說，如果你有足夠的時間安排，又找對了人一起進去，並且很清楚知道該怎麼做，你還是可以辦得到的。這樣的人不是沒有，等哪天找到能一起把東西弄到手的傢伙，就可以海撈一票，很大的一票。」

「我想見見那樣的傢伙，」法蘭基說：「我想或許能找到這樣的人，可能的話，我希望是愈快愈好，這就是我在想的事。真他媽的狗屎。你看過巷子那邊的狀況嗎？轉角電話亭裡有個傢伙，怪的是，電話公司怎麼會在那兒設一個電話亭？而且總有人坐在窗邊看著電話亭裡的那個傢伙。在一年裡頭最冷的一個晚上跑到電話亭裡，那傢伙可不是沒事幹。我想他也許就是靠那樣賺錢過活。要是我就不幹，但是，也許那是他媽的穩定工作。你絕對想不到有他在那裡看守，居然還有人跑得出去，更何況那還是條巷子。我敢打賭那麼容易下手的地方，在場的肥羊不會超過十五人。」

「不到十五人，但錢還是很多。」亞瑪多說。

「有次迪隆這麼說：『他們輸了非常多錢，有時是擲骰子輸掉的。』」法蘭基說：「『只要你闖進去就能得手，他們根本不可能報案，沒有政府單位的人會追查你。因此你只要去那條路，過了比利水族館，然後殺上樓去，你下半輩子就不愁吃穿了。』你看，迪隆對事情的掌握居然那麼準、那麼快，實在令人難以置信。我打賭一定有五十個傢伙在幫忙他打聽消息。我第一次聽說有那個地方，大約是十四歲的時候，但問題是，那麼多年下來，居然沒有人去幹他個一票，這實在是很奇怪。」

「我女兒就十四歲了。」亞瑪多說。

「老天，」法蘭基說：「時間居然過得這麼快。」

「事實如此，」亞瑪多說：「她已經十四歲了。前些日子，她把自己的東西留在梳妝臺上，是個淺藍色的盒子，我走近一看，她居然開始吃避孕藥了。」

「不會吧。」法蘭基說。

「我真他媽的不敢相信，」亞瑪多說：「於是我對康妮說：『看在老天的分上，妳能不能告訴我，這到底是怎麼回事？』她對我說：『那有什麼好奇怪的，她們都在吃這個。』我對她說：『妳這話什麼意思，她們都在吃這個？她們是誰？她吃這玩意兒做什麼？妳告訴我啊？我才不管其他人怎麼樣。』噢，她一聽馬上就發火了，立刻回我說：『不讓她吃，難道你寧可讓她懷孕什麼的。』但是我怎麼也無法相信，我說：『康妮，幫幫忙好嗎，她才**十四歲**耶。十四歲，我認為那有點早了。』」

「我也這麼認為。」法蘭基說。

---

2 barbut，一種流行於希臘、土耳其一帶的骰子玩法。下注下得很大，而且贏者可以全拿。

「就是嘛，」亞瑪多說：「結果，你知道我老婆怎麼回答？她說：『你以前跟羅莎莉在一起時，她多大？』」

「羅莎莉當時多大？」法蘭基說。

「十八歲，」亞瑪多說：「但是這兩件事大不相同。只不過，我當然無法說出來。每次康妮問我的時候，我都否認跟羅莎莉搞過；而且羅莎莉那時也沒有吃避孕藥，每個月……呃，反正她是個很差勁的炮友。」

「她看起來不怎麼差啊。」法蘭基說。

「話雖如此，但她的確是，」亞瑪多說：「他媽的，比起跟她上床，要闖進諾克斯堡還容易多了[3]，也比較有樂子。我每次都說，我對她是真愛，還有一堆狗屁什麼的。我肯定是個混球才做得出這種事，但是她呢，在床上什麼也不**做**，簡直跟幹一根木樁一樣，她也從沒想過要做點什麼。有幾次我跟她說：『拜託妳好不好，羅莎莉，妳不吃點藥什麼的嗎？妳總不會是想要懷孕吧？』她一聽就哭了起來。這算是罪大惡極吧，但我當時並不知道。我一直覺得自己是個混蛋，也常常想，我可能犯了什麼錯。現在回想起來，我真不知道那時為什麼要那樣，根本不值得為了跟她上床而忍受那一切。」

「她以前是真的長得很正。」法蘭基說。

「你看了那晚的球賽嗎？」亞瑪多說：「我看了，在家裡看的。康妮後來終於去睡了，她喊加油喊到下巴都歪了。老兄，這就是我喜歡看電視的原因，至少你還可以把聲音關掉。昨晚有史尼德緊追在中鋒大個子斯衛德屁股後頭的畫面，你看到了沒？」

「那時我人在外面。」法蘭基說。

「好吧，」亞瑪多說：「之前某個晚上，我看到了羅莎莉，就在亞特利街上。康妮要我在回家的半路上去買他媽的麵包。這是題外話，我不知道為什麼這樣，我的事從來不去煩她，我他媽的為什麼要在回家的路上停下來，替她辦事？不管怎樣，我看到了羅莎莉，我發誓她現在比那個斯衛德還胖。」

「以前她真的很正。」法蘭基說。

「噢，」亞瑪多說：「她結婚了，那正是她想要的。以前她煩惱的是我跟她上床，而我煩惱的是她是個很爛的炮友，她還煩惱我既然娶了康妮，她要怎麼樣才能嫁給我？我已經結了一次婚，可不想再結第二次。對任何男人來說，結一次婚就已經夠了，夠瘋了。但那是她想要的。她現在懷孕了，我猜是第四胎。以前長得正？我打賭

---

3 Fort Knox，美國陸軍基地，位於肯塔基州的北部，內部設有「美國金庫」，是個固若金湯的基地，亦有人用以形容堅固的建築物。

她現在一隻腿有別人兩隻粗，我的褲子她一定穿不下，可見她有多胖。只要時間拖得夠久，你就會發現一切都走樣了。康妮對我說：『好吧，你這個大驚小怪的死老頭，你自己去跟女兒說。你待在牢裡六、七年的這段期間，她可是長大了。你去跟她說吧，說她現在這樣做有多壞。』當然啦，我那時在牢裡，康妮不可能告訴我外面所有發生的事，所以我又怎麼會知道情況呢？真他媽的狗屎。反正你也愛莫能助。算了，我只是很幹，幹得要死。」

「聽著，」法蘭基說：「我這麼說也沒別的意思，行嗎？我才不在乎你有多幹，至少你得到了什麼。」

「日子還是乏味得要死，是吧？」亞瑪多說。

「你知道我的狀況嗎？」法蘭基說：「我去假釋處的時候，他們老是端出那些鬼玩意兒，以為我還真的會買帳。他們說：『有一個機會給你，郝爾布魯克那裡在找裝配員，週薪一百三，下午四點上班到晚上十二點，工作穩定，可以讓你遠離麻煩。』

「想得真美，」法蘭基說：「我住在桑摩維爾，要怎麼在下午的時間趕到郝爾布魯克？看在老天的分上，更別提半夜下了班我要怎麼回家？他們說：『買輛車吧，你需要車上下班，我們會幫忙你重新拿到駕照。』

「拿什麼買車？」法蘭基說：「我又沒有錢，現在還住在我老妹那裡。更何況他們憑什麼認為我需要一份工作，才活得下去？反正我是沒有錢買車。然後他們說：『你也可以搭別人的便車。』還真是說得輕鬆，我得每天在外頭閒晃，找到人剛好要開車去郝爾布魯克，而且時間還要配合得剛剛好。見鬼的屁話一堆。

「他們又說：『那你就搬去那裡住吧。』」法蘭基說：「問題還是一樣，我沒有錢，有錢我就能搬去那裡。如果可以搬到其他地方，我從一開始就不會去煩他們。好吧，他們覺得抱歉，但他們現在就是這麼想，深信會有個雇主願意用我這樣的人。我也許應該向社會福利機構求助，搞到足夠的銀子，然後搬到郝爾布魯克。假釋處的那個辦事員很討厭我，因為我耽誤他喝咖啡什麼的。那好，事情就到此為止。然後我看到羅素，他最近混得不錯，也許再過幾個星期，他就能買下一家旅館之類的。」

「靠賣狗辦不到。」亞瑪多說。

「他只是暫時先做一段時間，」法蘭基說：「他準備用那些錢買個什麼，很快他就會有足夠的銀子。我也想那麼做，我也有類似的打算，但首先我必須有錢，才能買那些玩意兒。」

「買什麼玩意兒？」亞瑪多說。

「我認識一個傢伙，」法蘭基說：「跟他見面時，他自然而然想了解一下我的近況。所以他買了幾瓶汽水，我們一面喝一面聊。然後他說，對了，他要到一個地方，我想的話可以一起去，也許我會看上什麼。

「所以我們去了那地方，」法蘭基說：「一看到處堆滿了錢，全都是二十元鈔票，做工精細極了。那些玩意兒我可以買一些來，如果有一千塊的話，就可以買到兩萬塊。我告訴你，真的做得很棒，你光天化日底下拿出來用都沒問題。」

「你最好打電話給那傢伙，跟他說聲再見。」亞瑪多說：「他等著被抓吧。最好是他經過哪間藥房時，拿著他的第一張偽鈔進去買支新牙刷，去牢裡會用得著的。」

「約翰，你錯了，」法蘭基說：「那玩意兒真的印得很屌，紙張好，墨水好，花色也對。告訴你，那是我親眼看見的。印那東西的傢伙應該拿一些給政府單位瞧瞧，印的比真鈔還更像真的。」

「印那些東西的傢伙叫恰比．賴恩。」亞瑪多說。

「我不認識他。」法蘭基說。

「他人不在我們這邊，而是在亞特蘭大坐牢。」亞瑪多說：「他老兄幹這檔子事已經十年了——那些偽鈔？你知道嗎，我同意你的看法，那玩意兒的確很漂亮，他媽的接近完美。恰比的確很懂得印刷之類的事，可是要注意，這個恰比根本沒他媽的腦子，就像你那位愛狗的朋友一樣。恰比還算好了，只是啥都不懂。但是你常跟他們混在一起的那些傢伙，他們可是少數比恰比還蠢的人。那批偽鈔好雖好，可是除了能拿來擦屁股外，也只能賣給像你這種沒見過世面的傢伙。你們要是拿出去外面用，根本不知道會發生什麼事，就因為這樣那東西才會這麼便宜。

「你知道那東西的問題是什麼？」亞瑪多說：「我告訴你，恰比把那東西拿去他媽的仙境賽狗場，這就是他幹的好事。他根本沒腦子，他想這東西既然這麼好，何不自己花掉。他跑去賽狗場，想拿那些偽鈔去賭。他對那些偽鈔十分自豪，所以就真的這麼幹了。一夜之間灑出去一萬塊，全是他自己花的。但那五百張漂亮的偽鈔，每一張號碼卻是見鬼的一模一樣。

「這下好了，」亞瑪多說：「那些傢伙，開賽狗場的人，他們全是傻瓜嗎？用屁股跟你賭，就算他們全笨得像屎，難道會完全沒想過賭場有可能變成散播偽鈔的地方？得了吧，別做白日夢了。你以為他們的出納員沒受過訓練，不會分辨偽鈔？你以為那晚恰比在那裡發瘋似的亂撒二十元偽鈔時，出納員會看不出有什麼異狀？絕對不可能。所以恰比賭完八個回合回家的時候，大概有九百個安全人員、一堆警察以及祕情局幹員將他團團圍住，把他抓了起來。你知道他說了什麼嗎？他們給他應有的權利，他不必說任何屁話，這些他都應該曉得，如果當場他不曉得的話，後來也都該知道了。於是他們告訴他，他犯了製造偽鈔罪，但是他卻看著他們，說：『老天，我有用咖啡泡過，它們看起來並不像新鈔才對。』

「你知道後來怎麼樣嗎？」亞瑪多說：「他們讓他打電話，於是他打給邁克，邁克叫他一句話也別講。然後邁克趕過去，他認識那邊的每一個人。當他走進警察局，大家對他哈哈大笑，他立刻心知肚明，問道：『為什麼逮捕恰比？』於是他們拿出鑑定報告和偽鈔，邁克進去見他的當事人，一到拘留室，恰比見了他就說：『乖乖，我真高興見到你。』你知道邁克說什麼嗎？他看著恰比，說：『恰比，這次我就不收你錢，你認罪吧。』話一說完他就走了。

「看吧，」亞瑪多說：「這就是你今天最大的問題，你認識的那些傢伙，他們知道事情要怎麼做，卻不知道自己他媽的沒腦子。他們連想都不會想，只想得到開頭，看出來那些對自己有利，卻不知道那些事早已經有好幾百人做過了，而且**每個人**都知道結果是什麼。然後等你傻傻的跑去那裡，做了些蠢事，還不知道人家早就一直在監視你，等著抓你。想事情必須有不一樣的眼光，花點工夫想想別人想不到的，否則你乾脆去郝爾布魯克，做他媽的人家派給你的工作吧。其他你所想到的事情都是在浪費時間，而且很危險，會讓你去蹲大牢的。」

「好吧，」法蘭克說：「你比我有腦子、有眼界，說說你的想法吧。但是別告訴我是希臘骰子，我可不想哪個晚上跑去比利水族館後面的那條巷子，落個腦袋中槍，橫屍在埃弗里，那可不成。我要銀子，我只想弄到銀子，不想翹辮子。」

「好吧，在下決定之前，」亞瑪多說：「我們來討論這件事吧。你認為那位愛狗人士鎮得住撲克牌局的場子嗎？」

「那當然啦，」法蘭基說：「誰都辦得到。只要能找到一個進得去、又不必面對一屋子槍的場子，我們輕輕鬆鬆就可以得手。攞平那種場子弄到的錢，肯定比不上去希臘骰子那兒跟人正面對幹的成果，但也就只能這樣了。那些場子是有人保護的，你應付不了的，除非是蠢到想被滿屋子的人團團包圍。」

「有一個場子你可以得手。」亞瑪多說。

「約翰，有十個場子才對，」法蘭基說：「我知道至少有十個可以得手的場子。但是得手之後，他們會派出八個以上發狂的義大利佬到處找我算帳。」

「不，不，」亞瑪多說：「拿下這個場子，他們根本不會去找你。」

「為什麼？」法蘭基說。

「因為事情一旦他媽的發生，」亞瑪多說：「他們會立刻認定是誰幹的好事。」

「你知道嗎，約翰，」法蘭基說：「不知道為什麼，聽你這麼說我並不覺得比較安心？」

「我們不會有事的，」亞瑪多說：「你要記住，我知道那些傢伙的想法。他們根本想不到會是我們，甚至也不會覺得是別人幹的；他們只會立刻想到一個傢伙，然後去找他，把他打個半死，事情就是這樣。而且你、我和那個小王八蛋，我們要找的就是這樣的傢伙，狠狠削他個四、五萬塊，他媽的輕鬆得很。」

「我不知道原來是要去設計別人。」法蘭基說。

「沒有要去設計他，」亞瑪多說：「都是他自找的。這個場子是馬克．闞特曼開的，這是他開的第二個場子。前一個場子被人搶了，幹那一票的正是馬克他自己。」

「噢。」法蘭基說。

「他幹了那一票，」亞瑪多說：「把事情搞得亂七八糟。那天被搶的其中一個是醫生，他有個弟弟在當州警，這人氣瘋了，打算不計一切代價把每一個人都弄得雞飛狗跳，於是他們不得不掏出三、四千塊還給他，讓他閉嘴。但是他們還是到處查，甚至找上闞特曼。而他使出了超級高明的演技來否認一切，他們都相信了他。

「所以大家元氣大傷了好一陣子，」亞瑪多說：「這種事情很常見，每次情勢不對的時候都是如此，然後大概一個月左右的時間，所有的賭局都歇業，沒一個開得了場。之後有人——我想是湯米．包爾斯——登高一呼，說：『我受夠了。』並且雇了十個保鑣護場，重新開設賭局，果然就風平浪靜。於是大家都注意著泰斯塔的場子，但是也一樣太平無事，再一陣子之後，每一個場子都重新開張，皆大歡喜。

「之後某個晚上，」亞瑪多說：「有幾個傢伙聚在一起天南地北的聊天，他們還喝了些酒，最後其中一個人說，這事真是怪，發生事情之後，到處風聲鶴唳，大家都很緊張，但是現在所有的賭局重新開張，沒再發生搶案，可能是現在保鑣更多了吧？這可好，馬克當場笑了起來。你看看，是他自己禁不住誘惑，告訴那些傢伙說，這件事是他幹的，是他安排了兩個人闖進去，是他砸了自己的場子。那兩個傢伙各分到五千塊，他們是搬運工，是馬克碰巧認識之類的，至於馬克自己則拿到將近三萬塊。」

「他們沒宰了他，算他走運。」法蘭基說。

「嗯，他是走運。」亞瑪多說：「但是你必須知道馬克這個人，所有的人都喜歡他，他真的很紅。而且你要了解，他們發現事實真相的時候，所有的場子都已經重新開張了。如果是在場子全收起來，大家都還在打聽風吹草動，又沒有錢賺的階段得知事情是他幹的，那我想，他們一定會要他的命。總之，他們沒有這麼做。再說，他們宰了他，又有什麼他媽的好處？被搶的又不是他們的錢，只要事情不再發生就好，因為除非賭客們覺得受到了保護，否則你根本沒有生意上門，而現在是真的有了保護。」

「我賭同樣的事不會再發生了。」法蘭基說。

「那就是有利的條件。」亞瑪多說。

「好在哪裡？」法蘭基說。

「出獄之後，」亞瑪多說：「我去過那裡兩次，有某個晚上我遇見了馬克。當時我在城裡晃，想看看有什麼情況，結果遇見了他，於是兩人去喝點小酒。他告訴我說他開了場子，要我去捧場。所以我去了兩次，都是在星期三。他一個星期營業兩天，星期三和星期五。星期三去的人就不少，兩個晚上都去光顧的也有一些，不過兩個晚上去的其實是不一樣的人。我去的那兩次，現場轉手來去的賭資，依我看，四萬塊跑不了。我去的那兩次都碰上一個穿天鵝絨長褲的怪咖，他至少帶了五千塊在身上。當然那只我是見到的情況。大部分賭客的情況都差不多，帶去的錢會比讓你看到的更多一些。萬一碰上牌運不佳的狀況，才有多餘的錢來翻本。所以他們去那裡，會先小輸一下讓大家嘗點甜頭，意思意思，這樣玩法大概得要準備個一萬多塊。」

「這還不賴。」法蘭基說。

「我去的時候聽到那些傢伙說，」亞瑪多說：「馬克最近才又離了婚，顯然他開了一個小派對，找了兩個應召女郎表演彼此互舔，讓大家看得很樂。但是有幾個傢伙卻很不爽，因為馬克沒有邀請他們。他的意思是：『只限朋友，謝絕顧客。』所以他們去找他問個究竟，因為有幾個星期五晚上的賭客去了那個派對，所以那些不爽的傢伙才會得知這件事。馬克說：『他們都是好主顧，在我的字典裡面，好主顧跟好朋友是一樣的。』所以我想，星期五那個場子的賭資要比星期三更多。那麼問題是，我們要在星期幾幹這一票？我想了想，還是覺得該挑星期三。星期五的場子大不相同，週間的日子那裡十分安靜，但在星期五和星期六，人們來來去去，打炮或是幹嘛的，而且還必須考慮有個派對之類的狗屁名堂在進行。雖然不太確定，但我認為可能有些星期五去的人，不會在星期三上門。我不想得罪那樣的傢伙。星期三去的人，我認為沒有任何一個是狠角色，所以我認為星期三比較好。」

「我們得手後怎麼分？」法蘭基說。

「三個人平分，」亞瑪多說：「我拿三分之一。」

「那可不少，約翰。」法蘭基說。

「就這件事來說並不多，」亞瑪多說：「我知道地點，也了解狀況，拿三分之一很公平。而你呢，我不在乎你怎麼處理，你可以找那個瘋子或哪個人，給他五千，我也沒問題。」

「跟我一起幹那一票的人，分到的會跟我一樣。」法蘭基說。

「那也隨你。」亞瑪多說。

「你不一起去？」法蘭基說。

「不不，」亞瑪多說：「我只要一進門，他們就會立刻把我煮了吃。當天晚上我會遠離那個地方，而且跟不少人在一起，讓大家都看到我。你曉得嗎，這就是為什麼我看中你。我真正做的，就是讓同夥的人知道東西在哪裡，但我自己卻不能靠近；我需要信得過的傢伙，那傢伙不能騙我說一共弄了三萬，但其實是五萬，因為我根本無從查證。我在這件事情當中，純粹只扮演動腦筋的角色，我需要的是兩個傢伙，能按照我的意思去做這件事。」

「好吧，我加入。」法蘭基說：「現在的問題是，羅素怎麼辦？」

「他怎麼了？」亞瑪多說。

「我還是認為，應該要找他加入。」法蘭基說：「這你能接受嗎？」

「我根本懶得管了，」亞瑪多說：「你要是請得動穿破內褲的泰山，那就跟他一起去幹吧，我無所謂，我只希望有人能辦好這件事。這樣的人只需要兩個條件，首先他要有膽子，這個你說他有；其次就是他不能是對方認識的人。」

「我的老天，」法蘭基說：「屈納．譚希認得我，拜託。」

「不必擔心屈納，」亞瑪多說：「他在路易斯堡監獄，而且會在那裡待很久，替聯邦政府做家具之類的；而且現在有很多人對屈納很不爽，他們認為他應該跟其他同夥一樣，在亞特蘭大待個十五、二十年，而不是短短的五年。去吃屎吧，那傢伙的前科紀錄比其他人都糟，我是說，很多人都感到納悶，你知道嗎？這到底是怎麼回事，人們肯定會懷疑好一陣子。屈納甚至也不在路易斯堡，他們安排他去別的地方，餵他吃牛排，而且把他的家人找去，跟他講話，要他從實招來。好吧，有人說這並非事實，我也無法確定，不過沒有人會再聽信屈納的話了，這點我倒是猜得到。」

「好吧，」法蘭基說：「我會再去找羅素問問。但我認為他不認識那邊的人。」

「他之前是為了什麼坐牢？」亞瑪多說。

「我猜是很瘋狂的事，」法蘭基說：「你也知道，一個人若想告訴你，他自己就會說，但他沒告訴我。不過據我所知，是他和另一個傢伙決定去搶藥房，就是那種二十四小時營業的藥房。呃，那家店裡有個傢伙是警方在追查的對象，他在那裡有一把槍，所以後來簡直是一團混亂，藥房的傢伙先開了槍。而他們在毒品得手之後，那個羅素的同夥，嗯，我不清楚，他們拿的都是同一種槍，我猜是羅素弄來的，他跟人買的槍。反正後來藥房的傢伙中彈身亡，但同時羅素的同夥也被藥房那傢伙斃了。總之，羅素被判了刑，但是那些狗屎都是那個死掉的傢伙搞的，罪名卻算在羅素頭上。羅素只是個丑角，參加了他自己都不了解的事，我猜他跟人對幹的前科紀錄，一定是十分可觀，但後來判的刑期肯定比他應得的還輕，否則絕不止如此。」

「你確定他在進行這件事情的時候，不會吸毒吸茫了？」亞瑪多說。

「他的毒品用量不重，你也聽了他的說法。」法蘭基說：「他這個人精得很，知道自己在幹嘛，知道毒品造成的影響。凡是他對付不了的事，就不會一頭栽進去。」

「你可要弄清楚，」亞瑪多說：「會去搶藥房的人，跟只搶錢的人未必是同一類。有時候他們癮頭一來，發得難受，需要搞點東西來嗑，用別的方式又得不到，就會發狠來硬的。像那樣的傢伙，沒嗑藥就會活不下去，你知道嗎？」

「聽著，」法蘭基說：「羅素是個摩托車迷，就只是這樣。我剛認識他的那個月，他整個人不是無故發火，就是無病呻吟，因為他有一輛明希牌的猛瑪象重型機車[4]，卻不得不賣掉來付他媽的律師費。如果羅素有一輛這樣的摩托車，我就不會考慮他。但是那天他來見你的時候，並不是一副高高在上的屌樣。你說毒品？他是有在用毒品，如此而已，但他並沒有上癮。」

「在這件事情上，」亞瑪多說：「我們真的要避免的是，參與此事的人在現場發瘋開槍濫射，要是真發生這種事，就會有人跑去報案，很多傢伙搞到最後灰頭土臉就是因為這樣。如果馬克——馬克曾經幹過——又想要再幹這麼一票，他就必須像上次一樣小心，用最適當的方式挑選動手的人。那些賭客是他的主顧，他只是要洗劫他們，而不是殺他們，他還想要他們重新上門，賭客會花點時間，思考一陣子，然後將那件事忘掉。」

「羅素不會出問題的。」法蘭基說。

「希望你的判斷正確。」亞瑪多說：「現在，另一個問題是，這件事差不多就要進行了，沒問題吧？」

「我沒問題，」法蘭基說：「如果我手腳不夠俐落的話，就得回去吃免錢飯，敲著監獄的大門說：『請讓我再回去吧，我已經走投無路，而且外頭愈來愈冷了。』」

「這純粹是拿捏時機的問題，」亞瑪多說：「若是讓別的菜鳥想到了這個點子，可就要錯失機會了，我們也別想弄到那些錢了。」

「沒問題，」法蘭基說：「我現在窮死了，他也很快就要送那些狗去某個地方，而且正如剛才說的，如果我不趕快讓自己開始動起來，我也可能要跟這件事說拜拜。東西你準備好了？」

「有一輛車，」亞瑪多說：「康妮認識的小鬼大多都很蠢，其中有一個卻很精，他會在惹上麻煩之前，先收手不幹。我知道某個地方有輛不錯的克萊斯勒，我猜他能不費吹灰之力就弄到手。我有兩枝點三八，應該夠了，你也必須去準備滑雪面罩之類的。」

「我想要一把霰彈槍，」法蘭基說：「大傢伙，一進門就嚇得他們屁滾尿流。」

---

4 Munch，德國摩托車品牌，德文為Münch，只在一九六六到一九八〇年間生產，所生產的車款稱為長毛象或猛瑪象（Mammoth，德文Mammut），這款是當時世界最重、最快、最貴的重型機車。

「你去弄一把來帶著用，」亞瑪多說：「我沒問題。只是別他媽的拖得太久，世界上聰明的傢伙並不只有我們。」

4

一二八號公路的北向車道上，一輛克萊斯勒三〇〇F以八十哩的時速安靜行駛。

「這車看起來真棒，」羅素說：「我是說**真的**，不蓋你。兩個車頭燈又大又性感，雖然有點過時，但這的確是部好車，對吧？開著它，就像跟馬子上床一樣爽，內部裝潢舊歸舊，還是一部好車。」

「我希望，」法蘭基說：「講良心話，可以的話，我希望你去弄一輛這樣的車來開。」

「那就留下這輛吧。」羅素說。

「車況正合我意，」法蘭基說：「一輛性能不錯、熱騰騰的贓車。但是不行，不能留下，雖然你已經找不到像這一輛外表維持得這麼好的車了。真他媽的，再多告訴我一點那馬子的事吧。」

「想要爽一下，是吧？」羅素說：「你還沒開過葷，對吧？」

「明天晚上我就會去了，」法蘭基說：「如果這件事辦成了，今晚就是我像個修士守身的最後一夜了。你多講講吧，我會顧好自己的小弟弟。」

「這個嘛，你也有過經驗。」羅素說。

「講得可真好聽，」法蘭基說：「以你這個專門捅『羊屁精』的人來說，還真是講得好聽。」

「江湖規矩頭一條，」羅素說：「要挑個乾淨的老頭。在牢裡，我可沒見到哪兒有馬子。」

「誰跟你說羊屁精是乾淨的？」法蘭基說。

「我可沒這麼說，」羅素說：「江湖規矩第二條，如果找不到乾淨的老頭，不乾不淨也無所謂。」

「我真該叫他們弄一頭山羊給你，」法蘭基說：「我跟幾個養羊的交情還不錯，早知道就該這麼做了，我們幾個還可以在一旁觀賞。你該不會像約翰說的，跟那些狗搞在一起吧？」

「狗可是會咬人的，」羅素說：「我認識一個小鬼，他曾經養了一隻達克斯獵犬……算了，別提了。法蘭克，給你一個良心的建議：離狗遠一點，會被咬的。我聽說過那很痛。如果你能釣個馬子，就還是跟馬子在一起吧。」

「你知道嗎，」法蘭基說：「釣馬子我沒把握，不過也沒差，反正現在已經沒有正點的馬子了，就像你找不到一輛有半球形燃燒室又夠正點的克萊斯勒了[1]。那款車因為讓某些人看不順眼，又耗油，所以停產了，就跟正點的馬子一樣，都沒了。」

「馬子是有，就像這世上也有我們這種人，」羅素說：「這個世界一向不缺馬子。就像那位松鼠老兄想幹它一票，他知道在哪裡能找到像我們這樣的人。我們出生入死，他老兄在別的地方跟人喝酒快活，分到的卻跟我們一樣多。他很清楚我們會在哪裡，而馬子呢？情況也相同，她們也跟我們一樣瘋。這不過就是某個混蛋利用另一個混蛋，如此而已。至於我去找的那個馬子？她很瘋，人很正但是很瘋，她的長相跟她這個人連不起來，就像她這個人跟她那顆瘋狂的腦袋也連不起來一樣。我說的一點也不假，她真他媽的瘋了。

「她住在那個山坡地住宅，你知道吧？」羅素說：「我到了門口，她一打開門，全身一絲不掛，就站在那裡，可真有點嚇到我了。她真的很正，這種貨色我以前也搞過，好吧，我也不是不會欣賞，你知道吧？雖然我在牢裡待了很久，但這個女的真不得了，而我站在那裡，只顧著看她。她於是說：『我們不是要做嗎？還是你打算站在那裡一整天？』所以我進去打了她一炮，很爽。事後我們躺在床上，我不斷的摸她，

---

1 hemi，全名是hemispherical combustion chamber，克萊斯勒在五〇年代發展出來的一種技術，此設計能讓引擎具有更強的馬力。

她那裡有些上好的大麻，真的很棒。只不過她是他媽的瘋了，徹徹底底的瘋了。」

「給我她的電話，你別回去找她了，」法蘭基說：「我不想讓你跟一個瘋女人窮攪和。給我她的電話吧，我會去她那裡，讀他媽的聖經給她聽，開導開導她。」

「我可沒說我不會再回去找她，」羅素說：「我說的是她瘋了。」

「我認為你不該回去找她，」法蘭基說：「像你這種大有前途的人，卻跟個瘋婆子廝混，那會惹麻煩的。把她交給我吧，我會好好開導她，讓她好過一點。」

「是喔，」羅素說：「那她就會做她威脅要做的事，而你會揹上黑鍋，這樣就玩完了，大英雄[2]。她會搞自殺的。」

「她們都這麼說的，」法蘭基說：「她們頭一個想到要說的就是這個，很多女人都如此，我也不知道為什麼，可能她們念過天主教學校什麼的。隨便啦。我以前跟一個女的約會，算很常約會的那種？她是珊蒂的朋友，老天，她褲頭可護得緊。她長得還不賴，有點暴牙，屁股翹翹的。她想要結婚，但是天啊，我什麼都不知道，我想要的只是打炮。結婚、坐牢或是把腿砍掉，開出什麼條件我大概都可以接受，我那時真的是精蟲衝腦，只要能打上一炮，做什麼都肯。我還記得那時候……你相信嗎？我居然常跟那女在路邊停車玩摸摸，我開著我老爸的破車，一路開呀開的，一直開到她認為不可能被她老爸認識的人看到的地方，我們還去過奇克塔布，那裡好像有座水庫吧？

我那時快二十歲了，而那個女的呢，我想大概十七歲吧。我他媽的花了**多少個小時**，只為了摸到她的**奶子**。我想前前後後花了快一年，我載她去免下車的露天電影院，帶她去跳舞，買酒給她喝，在她的耳邊輕輕的嗅著，卻還是只能從外面摸她，隔著毛衣，隔著上衣。如果她喝醉了，我就可以把手伸進衣服裡，隔著胸罩摸她，老天爺。有個晚上，我終於把手伸進她的胸罩裡，**裡面唷**，我沒有解開她的胸罩或做什麼，就只是把手伸進胸罩裡面，結果，我當場就射在褲子裡了。」

羅素不禁笑了起來。

「是真的。」法蘭基說：「後來，我就那樣開車回家，褲子裡黏糊糊的，我的老天。我有段時間常跟豪地那裡的傢伙廝混。據他們說，他們那兒有很多馬子喜歡跟人打炮，褲帶很鬆。我相信他們說的，他們也給我那些馬子的名字，全都是真實姓名，但是我沒有任何進一步的行動。因為我呢，當時在石油公司上班，做維修工人，他們配給我一輛小卡車和大概一年一萬塊的薪水。是啦，那時我老是得要在清晨三點，外面颳著大風雪的時候外出工作，這就是他媽的偉大人生。而我總想著，是的，我要找

2 此處原文是Cochise，他是美國亞利桑那州印第安人奇里卡瓦阿帕契族（Chiricahua Apache）酋長，一八六〇年代領導族人抵抗白人的殖民入侵。

一個值得尊重的女孩，不要那種到處陪人睡覺的婊子。你想像一下，這真的是真愛，他媽的真愛。我不要那種只想打炮的女孩，我要的是只想跟**我**打炮的女孩。你知道我跟她接下來會怎樣嗎？我們會結婚，從此過著幸福快樂的日子，那就是我們的目標。」

「還要生了一大堆鬼吼鬼叫的孩子，住在一幢他媽的房子裡，加上一大堆狗屁倒灶的事。」羅素說。

「沒錯，」法蘭基說：「不過在那段期間，不知道為什麼，她老爸就是不肯讓她一星期跟我出去超過兩次，而且約會還只限星期五和星期六。星期三我可以去找她，但是她家總有人在，我也必須在十點前離開，因為她隔天還要上學。」

「她在念高中？」羅素說。

「在念高中，」法蘭基說：「我那時二十歲，而這個讓我迷得要死的女孩還在念高中。」

「我希望哪天你能夠學聰明點，」羅素說：「別再當傻瓜了。」

「天曉得，」法蘭基說：「我記得有一晚送她回家時——她週五晚上必須在十一點半之前回到家，週六晚上可以在外頭待到十二點——但是我那天凌晨大約兩點才把她送回家，現在我已經忘了那天是星期五還是星期六。那天我們去了藍山露天電影院，她跟我來了段濕吻，現場至少還有一對也在車內的情侶。我他媽的興奮極了，哈她哈得要死。我一星期就要這麼難過三次。那晚把她送回家時，她老爸還醒著，急沖沖的跑出來，對我吼道：『你有沒有做？』我裝傻說：『做什麼？』你真該看看他當時的臉色，我很驚訝他竟然沒有當場心臟病發作。而她當時就只是在一邊站著，接著她老爸又暴跳如雷的說：『**你有沒有幹她？你這個骯髒的小雜種！**』我當場被罵傻了，嘴巴張得開開的，卻不知該說什麼。我想我那天晚上也在褲子裡射了，但我不敢低頭看有沒有透出來，因為如果看了，他就會曉得。而他繼續對著我大吼大叫：『你這個小混蛋，你以為我**不知道**你想幹什麼，你這個他媽的小雜種，你以為我不曉得？』我想他可能打算當場殺了我，而她呢，那個小賤人，用像對我那樣嚴苛的方式對她老頭說：『**爹地**，你說的話真**骯髒**！』說完她就咚咚咚的跑上樓去，留下我們兩個大眼瞪小眼，接著她老頭就把門重重的摔上，進門去了。

「在那之後，」法蘭基說：「我就不能在星期三去看她了，只能在週末，天啊。每次我去的時候，總以為他們會把她老頭推上我的車，跟我們一起出去。所以，我開始跟不三不四的人鬼混，認識了一些傢伙，其中有一個人認識強尼，於是我見了強尼，開始為他做一些事。你知道嗎？那時候我還是愛著那個瘋女孩，也覺得自己可能會娶她。我若娶了她，不知她老頭肯不肯讓我幹她，也許星期五和星期六可以吧，只要我在十二點以前送她回家，就沒問題。我不知道自己那一陣子在幹些什麼狗屁，後來我被捕了，然後接受審判。我一直被關在牢裡，他們都來看我受審，他也有來，來過幾次，後來我被判了刑。我老媽、珊蒂和珍妮絲他們都來看我。十年耶，為什麼是十年？我不知道那是他媽的怎麼回事。我當時還沒滿二十一歲，卻被判刑十年，那到底是什麼意思？那個法官，你知道他說什麼嗎？他說：『如果你還繼續走這條歪道，年輕人，在你完蛋之前，你會惹上很大的麻煩。』然後他判了我十年。什麼是嚴重的麻煩，大概是他們把你的蛋蛋割下來，還要叫你吃下去！

「於是他們來帶我走，那個副警長臭老頭，他的制服上沾得都是湯汁。她們全哭成一團，我老媽在哭，珊蒂在哭，珍妮絲也在哭——她哭得真是有夠歇斯底里。我應該跟她說，給我滾得遠遠的，而且妳沒來才真的是幫了我，反正我現在肯定是幫不了妳了。但是那個副警長不讓他們跟我講話，而我也頭昏眼花的站在**他**旁邊。我跟這個女的交往那麼久，她連手槍都沒幫我打過，我才剛被判刑十年，現在又必須忍受她這些？我氣炸了，對那位副警長說：『帶我走吧。』眼看我離開以後，她就要跟其他男人東搞西搞，那感覺真是糟透了。結果我關進去大約三個月左右，珊蒂跑來探視，說珍妮絲結婚了，但是那對我已經毫無意義了。」

「現在的女人已經大不相同，」羅素說：「你被關太久了。我說的這個女的是玩真的，你看得出來。她若真的來那一招，那麼跟她在一起的男的可就有得解釋了，至少我是辦不到。換成是你，也辦不到。她需要一個人好好靜一靜。」

「我會自己斟酌。」法蘭基說。

「她連個機會都不給我，老天，」羅素說：「她問說：『我們要不要再做一次？』當然要，只要給我一分鐘，讓我再硬起來，她卻說：『那個我可以幫忙。』然後她就幫我口交。唉，你知道，我出獄並沒有太久，對那檔子事還是很饑渴，我知道接下來會怎樣，但是我沒有告訴她我要射了，結果弄得她一嘴巴都是，還有點被嗆到，那是當然囉。然後她坐直，抹了一下嘴巴，看著我說：『多謝啦，你這個混帳。』於是我說：『拜託，我不是故意的；我是說，妳一副很懂得怎麼做的樣子。』她說：『是噢，你大概以為我很喜歡那種味道。』

「所以我就對她說，」羅素說：「羊屁精向來喜歡那味道，對那玩意兒從沒滿足過，還說吃了可以讓他保持年輕。我對她說：『我自己是從來就不喜歡的，但是他喜歡，這我是搞不懂啦。』她聽了說：『你這個爛人，你們全都是爛人，不是嗎？你這個爛人，你們沒一個不爛的。』接下來就嘮嘮叨叨吵個沒完。我們躺在床上，那真是一間不錯的公寓，牆上掛滿了非洲面具和裝飾品。但是她一直在那邊毛毛躁躁的發牢騷，說什麼第一次真的一點也不好，從來就沒半點好；看來她一直抱著希望，期待下一個會更好。搞半天，原來那房子根本不是她的，我還以為是她的地方。房子是屬於跟她在一起的那傢伙，音響以及其他所有的一切，全都是那傢伙的。他在學校裡，好像是去學個什麼東西，然後出去做個什麼事，能讓他每年賺個一百萬之類的。她從他那裡得不到愛，於是她打電話給幾個傢伙，還在《鳳凰報》登了廣告，說什麼：『前科犯，大屌，愛與真感情。』我是指廣告的內容，不是她說的，但不外就那麼回事。所以我對她說：『少胡扯了，行嗎？妳想打炮嗎？我來這裡，就是為了打炮，其他什麼狗屁都別扯了。』然後她就幫我打手槍，一面說：『他認為自己什麼都懂，而我什麼都不懂，所以他可以對我為所欲為，但是他不能這樣對我。』接著她就說，她打算自殺。我看著她，知道這個女的是來真的。還記得葛林南那時的表情嗎，到處都危機重重，他們要殺他，而他只能在衣服底下塞一塊板子，你記得他那時的表情嗎？」

「他知道在那種狀況下不會有什麼好事。」法蘭基說。

「他的想法也對，」羅素說：「槍林彈雨中怎能不弄塊板子擋一下呢。而這個女的呢，她看起來就像那副模樣。我是說真的，她想自殺。所以，天啊，我得趕快弄塊板子，否則到時候條子來了，問我怎麼會在這個地方，我又根本不認識屋主，而這個女的還自殺了，我能說我什麼都不知道嗎？發生了那樣的事，他們可是會把電椅端出來的。所以我說，好吧，那個可以先等一等，我們再做一次，好嗎？然後我們又做了。

接著，當我正在迷亂之際，那個女的卻在大喊大叫。法蘭基，如果我是你的話，我會離那個女的遠遠的。」

「我會好好想想的。」法蘭基說。

「好吧，」羅素說：「我會告訴她。她本來是要打電話給我的。你知道嗎，你不能打電話給她，因為那傢伙顯然常在家，所以電話要由她打。她明天應該會打電話給我，其實本來是今天要打的，只不過我在外面。老天爺，你應該看看我今天早上抓到了什麼，我抓到了一隻黑色、超大的德國牧羊犬。

「有個我認識的傢伙，」羅素說：「昨晚打電話給我。他不斷觀察尼德罕的一戶民宅，屋主收藏了一大堆很棒的錢幣。他們在賣的那些錢幣，是純銀打造的那種。那傢伙告訴我說：『我進去那屋子，就像上床睡覺那麼簡單，屋主夫妻都在上班，沒有孩子，但是屋主他媽的養了隻狗，看起來他媽的像一匹狼那麼凶。』所以他要我去把那隻狗弄走，狗就由我處理，他拿到那些錢幣，還會分五分之一給我。

「所以我就去了，」羅素說：「那幢房子離大街有段距離，附近有很多樹，很漂亮。我們繞到屋後，看到那隻狗，發瘋似的跳上跳下，狂吠亂吼。我說：『好吧，把那隻畜生放出來。』我不想進去屋內，跟那隻怪獸拚命。那傢伙說：『把牠放出來？你瘋了不成？牠會把我們兩個咬死！』總之，他把玻璃窗推了上去，媽的那隻狗就像屁股著火似的衝出來。我雙手捲了好幾層羊毛衫，那隻狗直接撲上來，想咬我屁股。我立刻舉起雙手，牠也拚命咬住羊毛衫，一副要把羊毛衫撕扯下來的樣子，但我就是不讓牠得逞，弄得牠像隻瘋狂野獸怪吼怪叫了好一陣。然後，我就拿根棍子戳進牠的嘴裡，這下牠咬不成了，而是一直呃、呃、呃的嘔，於是我將六顆苯巴比妥[3]塞進牠喉嚨，再拉出那根棍子，好讓牠把藥吞下，然後我又把棍子戳進去，老天爺，牠差點咬斷那根棍子，但我還是把棍子又戳回牠嘴裡了。然後，我拿出繩子，用那繩子打了個活結，再套上牠的嘴巴，連同棍子一起綁住，接著那傢伙過來幫我，一起捆住牠的腳，最後我再把狗搬上車。我是開肯尼的車去。牠真是一隻大狗，真不得了。如果要賣給人，那一定要找個想放狗咬死人的買主。」

「那傢伙弄到了錢幣要做什麼？」法蘭基說。

「沒做什麼，」羅素說：「就只是把它們放進銀行。」

「聽你**鬼扯**。」法蘭基說。

「沒騙你。」羅素說：「我了解那傢伙，他常來找我，給我看他弄到的東西，幾臺相機、手提彩色電視以及一些銀幣之類的。他還有失主把東西押給銀行時所開的單據。人們有時候會向銀行借錢，這種事不是沒有。」

「我也應該那麼做，」法蘭基說：「去跟銀行借點錢，他們也許不會介意我之前帶槍上銀行而坐牢的事。」

到了貝德福－喀來耳交流道，法蘭基將那輛三〇〇F轉向一二八號公路出口，再又左轉駛進十二號公路，從高架橋越過一二八號公路。越過之後，十二號公路轉為一片黑暗。

「只要他們看你現在變成了一個好人，那就行了。」羅素說。

「那沒問題，」法蘭基說：「我可以給他們看我的證明文件，我現在的身分是他媽的更生人，好吧，我們就先看看幹這一票的結果如何再說。」

從高架橋越過一二八號公路後，法蘭基在第五個路口右轉。那輛克萊斯勒駛在光禿且高大的橡樹底下，開上了一處右彎的緩坡路段，路旁有一個白色小招牌，上面寫著「天堂旅館」。法蘭克將克萊斯勒向右轉入車道。

「這裡有座漂亮的高爾夫球場和一堆設施，對吧？」羅素說。

「喔，什麼狗屁都有，」法蘭基說：「約翰告訴我，他們有個健身房，又有三溫暖，還可以馬殺雞，為的是先讓你爽一頓，再讓你輸個精光。」

往北的方向盡頭處有幢二層樓的汽車旅館，法蘭基開著克萊斯勒繞過去，駛入旅館後方的停車場。那裡燈光很昏暗。

「我們倒不如這樣，」羅素說：「也不用闖進去什麼的，就等在這裡，等那些傢伙出來，我們就逮住他們。」

「是喔，」法蘭基說：「結果搜刮到的，全是那些賭輸衰鬼身上的原子筆跟打火機。那還搞屁啊。」

法蘭基把克萊斯勒停在車道前頭，鼻子朝出口處示意一歛，關上了車燈。

羅素伸手從後座拿出一個「停來購」超市的袋子，從中取出兩個藍色羊毛滑雪面罩，將其中一個交給法蘭基，另一個套在自己頭上，然後他又取出黃色的塑膠園藝手套，一雙自己戴，另一雙遞給法蘭基。

「這東西他媽的太厚了。」法蘭基說。

「喂，」羅素說：「有什麼你就戴什麼，行嗎？他們店裡沒有賣薄的，厚的可以抹掉雜草枯葉，那就是顧客想要的，你將就點吧。你待會要用那枝霰彈槍什麼的嗎？」

羅素從袋子取出一枝史蒂文斯十二口徑的雙管霰彈槍，槍管截短至槍托前緣，握把尾端的槍托也被截短，整枝槍只有十一吋長。槍裡填裝的兩發綠色霰彈均已推進到距槍口四分之一吋的位置。

「老天。」法蘭基說。

「你不是要用霰彈槍嗎？」羅素說：「所以我對那傢伙說：『我要一枝霰彈槍。』他就說，他有一枝保證我見都沒見過的霰彈槍。喏，這枝就是了。」

「這些東西，」法蘭基說：「到底是什麼彈，雙O[4]嗎？」

「雙O是出廠的規格，」羅素說：「這些是改造過的，他們把彈頭取下來，再把子彈裡的東西倒掉，重新裝填，改造成裡面有四十五顆鉛丸的平頭霰彈；像洛杉磯警察用的那種，切開後裡面還有六顆。我想用這玩意，你可以秒殺一整個房間的人。所以，你來還是我來？」

「我來。」法蘭基說，他接過那枝霰彈槍。

羅素從袋子裡拿出一枝史密斯威森點三八手槍，插進褲腰帶，然後拉上夾克的拉鍊，把槍遮住，就下了車。

法蘭基也跟著下了車。他將霰彈槍的槍把插進腰帶左側，才鋸過的槍管還看得見銀色切口，不過這樣的長度剛好合身。他拉上夾克拉鍊，把槍蓋住，然後關上了車門。

法蘭基與羅素以平常的步伐越過停車場，到了樓梯口，上去即是天堂旅館的二樓

4 double O。霰彈內會裝許多鉛丸，鉛丸直徑最大的稱OOO，即triple O，OO直徑次之，稱double O。

露臺。樓梯是木造的，兩人很安靜的上樓。

到了二樓露臺，雙號房的藍色窗幔與單號客房的橘色窗幔，都有燈光透出來。每一間客房門口都擺著兩張由鋁和紅木拼製的椅子，全靠在落地窗臺底下。

「在第四間。」法蘭基輕聲說道。

二十六號房的百葉門微微開著。法蘭基從夾克裡取出霰彈槍，右手握住槍把，左手握住槍托前緣，把槍持在及腰的高度。

羅素從腰帶取出點三八，他順了一下頸部的滑雪面罩。緊接著，他一腳踹開房門，闖了進去，法蘭基也隨後衝入。

法蘭基把門板踹回門口，然後背靠著將門板關上，羅素則站在一個五斗櫃前。

房裡有三張圓桌、兩張床、一張床邊茶几、五盞燈、十六張椅子、十四個人，鋁合金製的電視架上還放著一臺彩色電視。桌旁的那些人坐著不動，手上拿著撲克牌，桌上高高低低疊著紅、白、藍三色的籌碼。其中一桌有四個人，另外兩桌各有五個人，有些人的桌前放著平底酒杯。

法蘭基把頭朝洗手臺和旁邊的門一點，接著羅素無聲的朝洗手臺走去。

中央桌子坐著一名身穿班龍毛衣的瘦子，他拿下口中的白貓頭鷹牌香菸，放在菸灰缸上，又小心翼翼的把牌放下，低著頭說：「噢，喔。」

法蘭基搖了搖頭。

浴室門被打開，馬克．闕特曼現了身，一面梳著灰色長髮，頭順著傾向右側，看著寶藍色地毯，開口說：「好了，你們——」

羅素將點三八手槍的槍口抵著他的臉，闕特曼緩緩抬起頭，臉部肌肉鬆弛下來。他的視線越過羅素和那枝點三八手槍，看向整個房間。他看到了法蘭基。「嗯哼，」闕特曼說：「好吧，希望你們知道自己在做什麼。我去拿錢。」

羅素看著法蘭基，法蘭基點個頭，羅素才將點三八的槍口放低，闕特曼經過他走到衣櫃前，將衣櫃的百葉門打開，從衣櫃底層拿出兩個新秀麗手提箱，接著退後幾步，轉過身，走向最靠近洗手臺的那張床，把手提箱放在床上。他在動作時，羅素一直將點三八瞄準著他。

「我可以坐下來嗎？」闕特曼說，他看著羅素。羅素看向法蘭基，法蘭基點個頭，羅素又看回闕特曼，也點個頭。闕特曼在另一張床上坐下，兩隻手在雙腿之間合握。

羅素走到放手提箱的那張床邊，將點三八交到左手，用右手打開每一個手提箱，每個手提箱內都裝滿了現鈔。羅素闔上其中一個，讓另一個攤開，然後站直起身來，往後退了幾步，朝法蘭基點個頭。

法蘭基走向最靠近門的那張桌子，停在第一個人面前，那人身穿淺藍色高領毛衣，灰髮，理平頭。法蘭基將霰彈槍挪近他的臉，槍機上露出來的實彈就在他眼前，他說道：「**不要**。」

闞特曼開口說：「快住手，你們已經**得到**所有的錢了。」

法蘭基說：「把你口袋裡的東西掏出來，放在桌上。」

闞特曼說：「放過那個可憐蟲吧。」

羅素立刻迅速上前，法蘭基退後幾步，離開那個穿高領毛衣的人。

「他們會找到你們的。」闞特曼說。

羅素走近闞特曼，用槍口碰了闞特曼的下巴一下，其他人都在看著他們，法蘭基則盯著其他人。羅素在槍身上施力，逼得闞特曼仰起頭來，乃至軀幹整個後彎，不得不將雙手向後貼在床上，撐住身體。他的眼睛暴凸，不發一語。羅素突將點三八收回，闞特曼鬆了口氣，身體往前傾，說道：「我不在乎，但他們會……」羅素突然用點三八的槍管在闞特曼的頸根用力剁了一記，闞特曼唉了一下，但仍直挺挺的坐在床上。

法蘭基上前了兩步，將霰彈槍逼近高領毛衣男的臉。那人在椅子上往前傾，掏出了皮夾，取出裡頭的現金放在桌上。

高領毛衣男在動作時，法蘭基又將霰彈槍指向下一個人，那人身穿淺綠色馬球衫，伸手從身上拿錢包。

「給你們兩種選擇，」法蘭基說：「一種比較簡單，另一種比較困難。簡單的是，你們跟這兩個人一樣，自己把錢掏出來。困難的就是，我們一個一個來，那會讓我心情緊張。你們看到他了沒？」法蘭基用霰彈槍朝羅素一指，說：「我心情不錯，但他可就緊張了。等到**我**緊張的時候呢，好吧，我想你們該看看他的樣子，要是我是你們，就不會想要他動槍。他沒有槍就不會緊張，但問題是他有。現在我告訴你們我要什麼，我要你們皮夾裡、鞋子裡、以及大衣裡的東西，還有你們的皮帶裡如果還有拉鍊、暗袋什麼的，那也一樣，我要裡頭的東西。你們可以現在就把那些東西拿出來，或是坐著不動，假裝襪子裡或別的地方沒有藏東西，但是等到每個人都拿出了自己的東西，我跟我這位緊張的朋友就會開始一個個檢查，確認東西都拿出來了。如果有人到時候還在裝死，假裝忘記了什麼，那我們至少會把他的牙齒敲爛。話就說到這裡，你們覺得怎樣，嗯？」

在場的人都不發一語。

「很好，」法蘭基說：「基本上我也是這樣想，愈少意外就愈好。所以你們就別搞鬼了，乖乖把錢掏出來，保持安靜，這樣大家都不會出事。我們要的只是錢。」

所有的人都拿出皮夾，把錢放在桌上；另有兩個人脫下鞋底有夾層的樂福鞋，在鞋中取出了錢，放在桌上。有一個穿藍格子襯衫的男子，抽出了皮帶，拉開夾層的拉鍊，取出四張五十塊的對摺紙鈔，放在他面前的桌上。

法蘭基回到門邊，羅素則一一搜刮桌上的錢，放進手提箱裡，然後將手提箱扣上。接著羅素把槍插進皮帶，兩手各提著一只手提箱，法蘭基又上前兩步，讓羅素退到他背後，站在門口。

「我改變主意了，」法蘭基說：「他太緊張。他要是想走人，我是不會擋他的路的。我們不一一搜你們的身了。你們都很聰明，繼續保持這樣，就不會有人掛點，也休想在我們後面跟上來。」

羅素開了門出去，快步從二樓露臺走向樓梯，然後將右手的手提箱放下，將滑雪面罩脫下來，塞進口袋，又提起手提箱，靜靜的走下樓梯。

法蘭基緩緩移動霰彈槍，眼睛掃視全場。等了大約四十秒，沒有一個人敢動，然後他退到門邊。

法蘭基迅速扭開門，退出門外，把門關上，再拉起一張椅子頂住門，然後等著。

隨後法蘭基離開門，把霰彈槍藏在外套底下，迅速走下樓梯。他一面走一面取下面罩，下了樓梯，越過停車場時，羅素已經在車上等。法蘭基鑽進架駛座，發動引擎。那輛克萊斯勒並沒有亮燈，而是很迅速的繞了一圈，平穩的開上車道，穿過兩旁林立的橡樹叢駛進黑暗之中。

5

下午二點五分，一輛掛著羅德島州車牌，車號六五一－ＲＪ的黑膠頂銀色龍捲風轎車[1]，在波義斯屯街上緩緩的從幾輛違規停在一七七六酒吧門前、白綠相間的弗利特伍德車旁駛過，最後停在布利罕餐廳的門口，離卻蒙特街的十字路口大約一個車身的距離。

賈奇．柯根穿著起了毛球的麂皮外套，把手上的沙龍牌香菸丟在人行道上，踩熄後上了那輛龍捲風。他關上車門，看也沒看那司機一眼，就說：「前面路口右轉，過兩條街。」

那司機穿著淺灰斜格紋西裝，留了很長的白髮，他啟動車子，並說道：「我想，司法大廈不在這附近吧。」

「的確不是，」柯根說：「那裡只剩個大洞，整塊地全是建築工人，就只是這樣。不過總是會有三、四個工人躲在車子裡面取暖。算了，別提了。」

1 Toronado，奧茲莫比爾於一九六六至一九九二年間生產的二人座雙門車那司機將龍捲風右轉進入卻蒙特街。「他非常關心，」他說：「當我跟他說，我打了電話給迪隆，迪隆要我來見你，他就非常關心。迪隆怎麼樣了？」

「很不好，星期一又住院了。」柯根說：「他出院大約三週，到星期一又住院了，所以他找了人來，替他處理所有的事。我想他根本不可能接這件事。然後星期二和星期三過了，到昨天他打電話給我，說這幾天替他辦事的傢伙忙翻了，問我能不能找人接手這件差事，所以我接下了。他今天還不能見人，據他的醫生說，他預計要在醫院住上兩、三週。如果放寬心情，不要掛心什麼事情，這週應該就沒事。總之他還在醫院，而且氣色很差。我昨天去見他，他手臂上還掛著點滴。他說這讓他很緊張，他也還不能抽菸。他要是繼續戒菸，會對他的身體比較好，但他說那感覺就像胸口被人捅了一刀。」

「這麼說來，他大概好一陣子無法處理任何事了。」那司機說。車子開到尼蘭街的十字路口遇到紅燈，他把車停住。

「他現在當然不行，」柯根說：「我個人認為，他老兄的情況真的很差。以前每次我去見他的時候，他都是在發牢騷，說他感覺糟透了，胃老是在痛，胃若沒事，又有別的地方不舒服。不過他現在是真的病得很嚴重，那種情形你也看得出來，而且除非你開門見山問他，他才會說，但是即便那樣，他也不是真的很想談。我猜他是在擔心他自己。」

燈號變了，龍捲風駛過了十字路口，那司機說：「他告訴我，他也聽說了迪隆的情況，迪隆既然不行，就要我跟迪隆找來的人談談。」

「你把車開到那家電影院，」柯根說：「看到了沒？沿這條路開下去，右轉，那裡有地方可以停車。」

「迪隆找來的人就是你嗎？」司機問道。

「迪隆說你會在那兒出現，要我到那裡等你，」柯根說：「我四處看了看，也看不出還有誰在等你。對吧？」

那司機將龍捲風停在一輛粉紅色雷鳥轎車後面。「前幾天晚上，馬克．闕特曼的賭場被人搶了。」那司機說。

「我聽說了，」柯根說：「被搶了五萬三左右？」

「這個嘛，」那司機說：「也許是將近五萬。兩個小子幹的。」

「是喔。」柯根說。

「你或是迪隆聽說過這兩個小子嗎？」那司機說。

「我們聽到很多事，」柯根說：「比如，我聽說他們戴了面罩。」

「不錯。」那司機說。

「如此說來，」柯根說：「也許他們年紀不算小。」

「他們留長髮，」那司機說：「在場的人看到面罩底下露出了頭髮。」

「這個嘛，」柯根說：「我丈母娘生了病，我們這個週日去看她，所以當然也得陪著去教堂，老太婆的主意總是不會錯的。可是，老天，那個牧師就留著長頭髮，他們應該是不能戴假髮的，所以這種事你也說不準。」

「好吧，」那司機說：「他們打扮得像年輕人，穿著連身工作褲，身上臭死了。這是闕特曼說的。」

「闕特曼說的……」柯根說道：「不管怎樣，很多傢伙身上都很臭。」

「闕特曼還說，」那司機說道：「開口說話的那人聲音像個年輕人。」

「又是闕特曼說。」柯根說。

「到目前為止，據我所知，」那司機說：「闕特曼的耳朵、鼻子等各方面，都沒有問題。」

「的確，」柯根說：「我也沒聽說他有任何問題。」

「但是當然啦，在我跟他談起——」

「你跟闕特曼談了？」柯根說。

「沒有，當然沒有。」那司機說：「闕特曼打電話給康格里希，他們把話帶了給他，而我跟他談了。」

「噢。」柯根說。

「那很重要嗎？」那司機說。

「也許並不重要，」柯根說：「我只是奇怪，闞特曼怎麼會打電話給你，換作我就不會。」

「總之，我的確跟他談過了。」那司機說。

「好吧，」柯根說：「但是我沒有，而且我不認識你。我當然知道這其中有個人在辦事，但是我過去從沒聽說過你。況且我覺得很奇怪，闞特曼怎麼會打給你，如此而已。」

「好吧，我並沒有跟闞特曼談過。」那司機說：「但我昨晚跟他談了，今天早上又跟他談了一次。」

「所以還沒有人，」柯根說：「沒有人真正和闞特曼談過這件事。」

「只有康格里希。」那司機說：「闞特曼從他的場子打電話給康格里希，卻沒找到人，但是吵醒了康格里希的老婆，然後才有接下來的事。」

「是嗎？」柯根說：「所以我們現在得知的，而且要進行的，就是闞特曼告訴某人的這件事，而我之所以被指派去找那兩個小子，也是因為闞特曼告訴某人，但我卻還沒親自跟他談過的這件事。」

「他不是這樣說的，」那司機說：「他說的是我必須打電話給迪隆，我打了之後，向他回報，而他要我跟迪隆找來的人談談，看看你有什麼想法——我猜迪隆找來的就是你。他要我了解一下，你對下一步有什麼想法。」

「柴克發生了什麼事？」柯根問道。

「我不太清楚，」那司機說：「他們之間起了些爭執，我想是關於柴克處理證照申請的方式。柴克對這件事沒說太多，只說到自己再也無法代表他了。我一講完電話，就自然而然打給了柴克。」

「柴克跟他合作了很久，」柯根說：「我跟柴克談了很多。」

「其實也不算太久，」那司機說：「大概五年左右。他出道時的合作對象是麥剛尼格。」

「麥古？」柯根說：「他之前來這裡控告過一個傢伙，他已經老到幾乎得坐輪椅什麼的才能出庭。」

「他的運氣不太好，」那司機說：「他跟麥剛尼格合作的時候，你可能都還沒出生。不過柴克告訴我，那時他遇到的問題還不太多，後來才真的有許多法律事務要處理。但接著他找了敏迪奇，再來是紐約來的傢伙門多薩，最後才雇用了柴克。柴克跟我說：『那是樁好買賣，前後五年，那樣的好生意真的會把你搞瘋，雖然真的是很有賺頭。』照柴克的說法，當事情的結果不符他預期，他就會怪在你頭上，然後換一個律師。」

「我必須跟柴克談一下，」柯根說：「他人不錯。幫忙我解決過我的問題。你見到他時，幫我打聲招呼。」

「我會的。」那司機說：「現在回歸正題，我該對他怎麼說？」

「這個嘛，」柯根說：「現在那些賭局都歇業了，對吧？」

「大部分是如此，」那司機說：「有人打了電話給泰斯塔，泰斯塔說他要找人到他的場子幫忙，所以我猜他那兒還有照常營運。至於其他人，絕大多數都關了。」

「跟上一次的情況相同。」柯根說。

「這是暫時的，他這麼告訴我的。」那司機說：「他說只要我盡快找你談過了，並讓那些傢伙知道你需要些什麼，或是讓迪隆知道也可以。原本我們是要找迪隆出馬。」

「我跟迪隆談過了。」柯根說。

「他怎麼說？」那司機說。

「這個嘛，發生了這種事，他初步的想法跟其他人都差不多。」柯根說。

「這次是第二次了，」那司機說：「他這麼說。」

「這事以前發生過，」柯根說：「那是在四年前，而現在又再度發生。」

「據我推測，」那司機說：「上次幹那一票的其實就是闞特曼自己。」

「跟兩個印地安人，」柯根說：「他也裝模作樣的演了一齣戲，但搞鬼的其實是他。迪隆說他甚至好幾次提出來吹噓了一番。」

「但是沒有人知道真相。」那司機說。

「直到後來。」柯根說。

「那麼，」那司機說：「這回他們倒是給了他一點顏色。」

「就那麼一記，」柯根說：「他們重重賞了他一下，重重的一記。我在想，如果我是闞特曼，又再故技重施，我至少也會挨上那麼一下。」

「好吧，」那司機說：「我們要從哪裡開始著手？你有什麼想法？」

「我知道的還不夠多，沒有太多想法，」柯根說：「因為你知道，我未必真那麼想，但這回有可能真的是兩個小子幹的，不然就是闞特曼。但也可能有人知道以前就是他幹的，然後存心利用這點。總之是有兩種可能。馬克近來花費多了些，很缺錢，有可能下決心再幹它一票，誰都想不到他會再幹一次。話說回來，你去過那場子沒？」

「沒有。」那司機說。

「你知道嗎？」柯根說：「誰都沒有去過那裡，除了闞特曼自己，一般人不會去那種地方。不過，我倒是查了，迪隆提到他以前認識的一個人，那個人在沃普爾監獄[2]待過，在裡頭學了景觀設計，出來之後就幹這一行。迪隆認為，說不定那個人參與過那裡的景觀設計。於是，我打電話給那個人，原來那地方一共有八十六個房間。蓋在那種爛樹林裡面的汽車旅館，竟然會有八十六個房間。不過，除了闕特曼開設的賭局外，那兒並沒有進行什麼特別的活動。週間會使用那些房間的，都是些賣東西的業者，而他們都是徹夜工作，情況就是如此。我跟戈登談過，他說旅館剛開張時，他曾把旗下的幾個女孩送去那兒做生意，他告訴我：『她們簡直要瘋了，一整個晚上只有她們坐在酒吧裡喝悶酒，唯一看到的男人就是酒保。她們因此愈來愈胖，而我損失了大把銀子，慘得不得了。』那地方到了週末稍稍有點生意上門，但都是些帶了伴的。戈登說：『要不就是業餘兼差的流鶯。不是他媽的流鶯就是黑鬼，那幾天你根本做不了生意。』但是週間那幾天呢？算了吧，啥都沒有，連個人影都看不到，可見有多慘。

「你想想那種情況，並且記住，」柯根說：「我沒理由認為那傢伙是跟我說著玩。

2 Walpole，位在諾福克郡，該地的 Massachusetts Correctional Institution-Cedar Junction 監獄是七〇年代美國最暴力的監獄之一。

你再想個一分鐘，闕特曼的場子什麼時候打烊？就在午夜，我說的對吧？」

「大約十一點半吧，我猜。」那司機說。

「沒錯，」柯根說：「那些賭客上門時，那裡是燈火輝煌，戈登告訴我：『那個時候的生意最好，整場幾乎客滿，用不著做別的生意。』所以那兩個小子——如果他們真的是年輕人——就是選在最恰當的時機，進入最正確的房間，而且他們去的時候，房間的門還是開著的。於是，他們搜刮了每一位賭客的錢財。我這個說法，你覺得如何？」

「闕特曼也承認這點，」那司機說：「他說他有點掉以輕心，沒有打開窗戶，而是讓門稍稍開著，讓菸味散出去。他這麼說。」

「很好，」柯根說：「但是開設賭局的人，不該掉以輕心，對吧？他應該想得到會有這種事發生。」

「他們闖入時，他正在上廁所。」那司機說。

「我才不管他當時在哪裡，」柯根說：「他並沒有做他應該做的事。無論如何，那兩個小子就是知道這種狀況，而且就算他不在現場，他們也知道去哪裡找他。」

「你說的沒錯。」那司機說。

「所以，就目前而言，」柯根說：「不管是闕特曼自己幹的，或是別人衝著闕特曼而來的，都無所謂了。」

「都無所謂？」那司機說。

「不是針對闕特曼而言，」柯根說：「而是指我們要著手的地方。我們要先從闕特曼身上下手，這是個很好的開始。」

「不太對，先等一等。」那司機說。

「你要的話，我可以等你一個星期。」柯根說。

「無論你有什麼打算，在你下手之前，我都得先跟他談談。」那司機說。

「你先跟他談吧，」柯根說：「我還有很多事情要忙。你告訴他，我認為必須找闕特曼談談，聽聽闕特曼怎麼說。」

「這點他應該不會反對。」那司機說。

「**務必**跟他好好談談。」柯根說：「依我看，你也沒別的事好幹。」

「我現在就可以告訴你，」那司機說：「他不會光是因為你的疑慮，就點頭表示同意；情況已經夠糟了，他很擔心接下來的任何行動會是雪上加霜。」

「那我知道。」柯根說。

「上回我們找來處理事情的那個人，所作所為跟我們的判斷大大牴觸，」那司機說：「就在他稍微不錯的時候，他竟然直接跑去找聯邦調查局，然後一路撒謊，內容誇張到難以置信的地步。後來他們把他送到大陪審團面前，他就怕了；這對他反倒是件好事。不瞞你說，為了嚇嚇他，我們花了好大一筆錢。在這件事情上頭，他不希望有人做得太過頭。誰要去做這件事，你嗎？」

「做什麼事？」柯根說。

「談談，去找闕特曼談談。」那司機說。

「那個嘛，我去也可以，」柯根說：「但是我跟迪隆談過這點，我們兩個都認為，我還是不要出面的好。如果馬克現在還不怎麼留意我，我不出馬會比較好。」

「他會想要知道由誰去。」那司機說。

「那當然，」柯根說：「你告訴他，我和迪隆談過，我們都認為這件事就交給史提夫・卡普立歐和他弟弟。」

「迪隆認識他們嗎？」那司機說：「他以前用過這兩個人？」

「迪隆認識他們，」柯根說：「我也認識他們。巴利跟我一起參加過白種人新教教會，他其實是個混蛋，但是他參加過輕重量級拳擊錦標賽，只不過功虧一簣，敗在冠軍手下。史提夫沒問題，你跟他們說什麼，他們都會照辦。」

「我可是認真的。」那司機說。

「當然，」柯根說：「你們一向是認真的，也必須認真，這點我明白。這事我不常辦，幾乎沒有，但是我跟一些認識的人談過，曉得狀況。好了，我們要如何進行？由你打電話給我？」

「這樣吧，」那司機說：「我會先跟他談，看他怎麼說，然後我再打電話給迪隆。」

「也好，」柯根說：「這麼看來，你們大概認為迪隆的情況還不錯，可以處理這件事。」

「不，」那司機說：「你說他無法處理。」

「是迪隆說他自己沒辦法處理，」柯根說：「所以今天來跟你談的人是我。」

「沒錯。」那司機說。

「所以我的態度是，」柯根說：「你們要迪隆來處理，就打電話給迪隆，我沒意見；但如果你們要我來……」

「我會打電話給你。」那司機說。

「由我來打給**你**，」柯根說：「我大多在外面跑，常常不在住的地方。我會跟你聯絡。」

6

在波義斯屯街的龍蝦尾餐廳對面，史提夫和巴利兩兄弟在海耶斯．畢克佛餐廳的門口等候著。「我跟你說，」巴利說：「我認不出那傢伙的樣子。」

「賈奇也這麼說，」史提夫說：「說他現在瘦了點，可能還戴了頂假髮，而且現在穿的衣服可時髦了，跟以前當然不一樣。」

「想必是發了一小筆橫財。」巴利說。

「應該不是，」史提夫說：「總之賈奇不這麼想，他認為一個人突然花費多了起來，『很可能是離婚協議結果比原本預期的好』。反正，賈奇是這麼認為。你大概沒沒見過比他更摳門的爛胚。」

「老天，肯定是那樣。」巴利說：「那他以前都怎麼泡妞？又憑什麼結了婚，還結了九次？」

「迪隆認為是三次，」史提夫說：「他結婚時迪隆都有去。老天，迪隆的氣色真的很糟。」

「迪隆會沒事的，」巴利說：「那個混蛋太壞了，死不了的。你看到他那雙眼睛了嗎？」

「沒特別注意。」史提夫說。

「我從沒看過那樣的眼睛，」巴利說：「只有被我狠狠揍過的人，眼神才會像他那樣。我第一次見到那傢伙時，真的認為他快要完了。但他沒有，他一直是那副德性，兩眼呆滯，像是人快翹辮子之前的樣子。」

「我們都會翹辮子，」史提夫說：「闕特曼也會。」

「是啦，」巴利說：「但不是今天晚上，對吧，史提夫？」

「我還沒接到內部消息，」史提夫說：「只知道有一件差事要做。」

「少敷衍我，」巴利說：「我可沒答應要幹那種活。我要你告訴我，闕特曼今天晚上不會嗝屁。」

「不會是由我們下手。」史提夫說。

「這我沒意見。」巴利說。

「他沒好好幫自己禱告什麼的，」史提夫說：「那些我幫不了他。但是我們不會做掉他。」

「很好，」巴利說：「我只是想要確定這點。」

「就跟我講的一樣，」史提夫說：「沒有別的。」

「因為我一向都挺喜歡馬克的。」巴利說。

「每個人都喜歡他，」史提夫說：「而你，主要是喜歡那個金髮小妞吧。」

「哪個金髮小妞？」巴利說。

「噢，少來了，」史提夫說：「那個經常跟他一起出現在一一五號房的金髮小妞，記得她吧？」

「那是之前的場子。」巴利說。

「那個他自己砸掉的場子。」史提夫說。

「我們算是運氣，事發當天，他並沒有找我們去那裡。」巴利說：「我也不希望當時在場。」

「噢，拜託，」史提夫說：「巴利，你知道嗎，你有時候真的是蠢人說蠢話。」

「為什麼？」巴利說：「那個場子被搶了，要是我們當時在場，就不能插手不管，要不然就會因為袖手旁觀而落得灰頭土臉。」

「那你他媽說說看啊，他是為什麼沒找我們去？」史提夫說。

「這就是我想說的，那傢伙是個好人，」巴利說：「他知道他要搞一件大事，所以才讓我們置身事外。」

「你他媽的真是豆腐腦，」史提夫說：「我一定要跟老媽講，現在我知道了，她一定是跟那個送牛奶的上過床，也許是搞了他的那匹馬，才會生出你這個他媽的地表上最蠢的豬腦袋，我都為你感到丟臉了，你知道嗎？你這個蠢斃了的義大利佬。」

「他真的是讓我們置身事外。」巴利說。

「巴利，我是說真的，你應該戴頂安全帽遮羞。」史提夫說：「我認為，你的腦袋挨了太多子彈，才會這麼蠢。他為什麼讓我們置身事外，你知不知道？」

「因為他是個好人。」巴利說。

「是因為他不想付錢給我們。」史提夫說：「如果我們在場，又毫不知情，那他就有麻煩了。他不想惹麻煩，因為他想要的是錢，但是他也不想將搞到手的錢分給我們，所以才告訴我們那天別去他的場子。他不是好心，而是很賤，就像其他人一樣，你這個蠢蛋。」

「我還是喜歡那傢伙。」巴利說。

「你喜歡的是那個金髮小妞，」史提夫說：「得了吧，巴利。」

「他娶了那個女孩。」巴利說。

「賈奇可不這麼認為，迪隆也是。」史提夫說：「他只不過跟那個小妞搞在一起。」

「她是個好女孩，」巴利說：「我真的很喜歡她。」

「她的屁股又大又正點，」史提夫說：「那就是你一直在想的，一個棒極了的大屁股。」

「她的屁股的確正點，」巴利說：「不過她人還是不錯，有對漂亮的奶子，又是個很好的談話對象。」

「是啊，你說對了，談話。」史提夫說：「你還記得那天晚上，她穿著一件粉紅色長褲吧。」

「記得。」巴利說。

「你才不記得，」史提夫說：「但是話說回來，那還是我至今看過最棒的粉紅色大屁股。」

「她是個好女孩。」巴利說。

「你小心點，」史提夫說：「哪天我喝醉了，我會打電話給金妮，告訴她，你一直追在那些小三八的屁股後頭。」

「史提夫，」巴利說：「你知道……」

「我知道。」史提夫說。

「金妮是我這輩子碰上最棒的一件事，」巴利說：「我知道你一直想要提醒我，說我是個蠢蛋。好吧，就算我是個蠢蛋，但是有些道理我曉得。我以前認識的女孩，多到算不清，你想拿她們開玩笑都隨你便。我不在乎你是不是我老哥，但你知道嗎？我今晚回家時，無論是幾點，可能很晚了，但是金妮會一直在家裡等著我，然後我們會喝點啤酒，聊聊天。所以，如果有任何人讓金妮不好受，我也會心情不好。但是最好不要有人打電話給金妮，讓她煩惱那些事，尤其那根本不是事實。」

「噢，拜託你好不好，」史提夫說：「我只是開開玩笑而已。」

「不能拿這個開玩笑，」巴利說：「金妮，對我而言，金妮是不可以拿來開玩笑的。」

「好啦，好啦。」史提夫說。

「我可不是隨便說說，」巴利說：「你們這些傢伙要怎麼胡思亂想，都隨便你們，但是不要扯到我，不要扯到我和金妮。」

「你是要告訴我，」史提夫說：「你沒有跟闕特曼的粉紅大屁股正妹上過床。」

「沒有，」巴利說：「告訴你吧，她那個時候已經跟闕特曼結婚了。你不可以跟別人的老婆上床。我不會幹那種事。」

「賈奇不認為他們結了婚。」史提夫說。

「賈奇不知道他們的關係，才會這麼說。」巴利說：「這是她親口告訴我的。」

「你跟她開口？」史提夫說。

「她要是已婚，我就不會跟她開口。」巴利說。

「巴利呀，」史提夫說：「你實在很丟我的臉，虧你還是我老弟，竟然對別人的女人開口說要上床。」

「我沒有。」巴利說。

「我一定要告訴金妮，」史提夫說：「如果她沒砸你滿臉盤子，算你走運，你這個王八蛋。」

「我那時候還沒有跟金妮結婚。」巴利說。

「巴利，」史提夫說：「你十二歲就跟金妮結婚了，只差沒有步入禮堂而已，這你自己清楚得很。只要金妮說一聲：『跳！』你唯一會問的是：『要跳多高？』不會有別的意見。」

「我才沒有。」巴利說。

「你就是有，」史提夫說：「你放棄拳擊，也是因為金妮不希望你的臉被打扁。」

「才不是那樣，」巴利說：「我會放棄，是因為我不夠好。」

「那麼，一九六三年輕重量級拳擊冠軍是誰？」史提夫說。

「好吧，好吧，」巴利說：「但是那個冠軍寶座並沒有維持多久。」

「那到底是誰？」史提夫說：「我不記得名字了。」

「我跟他對決時，他改了名字。」巴利說。

「是喔，」史提夫說：「我想起來了，是田納西州的巴比．渥克。對，就是那傢伙，你跟他打了多久？」

「那是以前的事了。」巴比說。

「也不算太久之前。」史提夫說：「你在第十二回合將他擊倒，而他卻在第十五回合靠裁判的判定贏了。還有，在堤康德羅加的那傢伙是誰？」

「你讓我想起了賈奇。」巴利說。

「我讓你想起了金妮。」史提夫說。

「賈奇跟你一樣，老是在翻我的舊帳。」巴利說：「你說那天晚上渥克打敗了我，對吧？他的爛招很多，而我受傷了。那個混帳把我的眼窩打裂了，然後一整個晚上就針對這點死纏爛打。」

「你也用同樣的招數對付他，在那之前。」史提夫說。

「那麼說並沒讓我好過一點，」巴利說：「那個混帳唯一想的是他可以贏多少獎金。而且那次我受傷了。」

「你應該狠狠用頭撞他。」史提夫說。

「我想啊，但是辦不到，」巴利說：「他一直把頭壓得很低。你知道嗎，這就是我喜歡馬克的一點，他沒看過我打拳，而你們都看過了。」

「而我們都知道你是因為怕死，所以不打了，」史提夫說：「那也沒什麼大不了。」

「我打得不好，」巴利說：「你也知道，很多人的情況都是如此。」

「我明白。」史提夫說。

「不，你不明白，」巴利說：「你就像賈奇一樣。我並不想幹這件事，我跟馬克又沒有什麼過節。我不明白他為什麼不跟那個金髮女孩維持好婚姻。」

「巴利，」史提夫說：「他們並沒有結婚，只是搞在一起很長的一段時間。她是要讓你死心，因為她不想跟你上床，又不想傷你的心。」

「不對，」巴利說：「好，也許是吧。但是馬克從來不會跟誰搞在一起很久，他跟人結婚與在外面玩女人的速度一樣快，他根本不在乎，但他也不是個壞人。」

「沒錯，他不是。」史提夫說：「只不過他一遇到了女人，就成了混球。」

「我還是喜歡他。」巴利說。

「我也是，而且也對賈奇說了。」史提夫說：「你知道嗎，我並不想幹這件事，真的不想。馬克也沒有壞到那種地步。我告訴賈奇：『聽著，我以前也曾經為那傢伙辦過事，我和巴利一起。老天，我真不明白。他一直對我不錯。』」

「你和賈奇談的時候，迪隆也在場，是不是？」巴利說。

「迪隆也在場，」史提夫說：「臉色白得跟他媽的床單一樣，一句話也沒講，可能撐不了多久了。我想，狗都不可能像迪隆病得那麼重。」

「迪隆和賈奇是同樣的貨色，」巴利說：「他們都是混蛋。」

「我不知道。」史提夫說。

「我知道。」巴利說：「我認識賈奇比迪隆還早。我從沒幫迪隆做過事。我是出社會後才認識賈奇，那時他沒有工作，他們兩個是同樣的貨色。」

「那又怎樣？」史提夫說。

「你了解迪隆。」巴利說。

「我了解。」史提夫說。

「你也了解賈奇。」巴利說。

「沒錯。」史提夫說。

「你知道迪隆現在的樣子，」巴利說：「那是因為他生病了。」

「他是看起來不對勁。」史提夫說。

「賈奇也一直是那個樣子，」巴利說：「一直都是，眼神也跟迪隆一樣。」

「噢。」史夫說。

「我是說真的，」巴利說：「不是跟你開玩笑。我幫過那傢伙一些忙，那時我還在打拳擊。你知道嗎，我打賭他老兄當時的體重還不到一百三十磅，也看不出有什麼本事。這你也看得出，對吧？」

「沒錯。」史提夫說。

「只是個小角色，」巴利說：「他一直是個小角色，而那時我們身邊有不少傢伙都是狠角色。不過，他倒是有點錢。但你知道嗎？沒有人跟他打過交道，連警察也沒有，一個都沒有，你知道為什麼嗎？因為他那時候的樣子就跟迪隆現在一樣，他那雙眼睛，就像被人揍過那樣，只不過他沒有受傷，也沒有被打倒在地，他一直就是那副被人狠揍過的樣子。那個時候，誰也沒聽說過任何一點關於他的事。現在迪隆生病了，他還是那個樣子，我不信任這個傢伙。」

「他還好啦。」史提夫說。

「他是個卑鄙的爛人。」巴利說。

「他的作風不像，」史提夫說：「他對我也還不錯。我若問他什麼，他的回答也都還算坦白。」

「你問了他什麼？」巴利說：「他怎麼說？」

「我跟他說，」史提夫說：「『你要知道，我還滿喜歡馬克。』他說：『我知道，大家都喜歡他，他人不錯。有一次我對他說：『馬克，你跟個女人說要跟她上床，可是你根本不想上床。』你猜馬克怎麼說？賈奇告訴我，馬克這麼回答：『我這是在照顧身體。更何況，我若沒跟那個女的上床，又怎麼知道我其實不想幹她？所以我就問她好不好，而她說好，沒問題。然後我們就上床了。但是在辦完事後，我才知道自己有沒有那個意思。』所以我個人認為，馬克是在擔心，這世上肯定有許多願意跟他上床的女人，要是他不都一個個去問問看，萬一錯過，豈不可惜了。所以賈奇的結論是：『他摸過的女人屁股，比一個馬桶座碰過的屁股還多。』」

「這個嘛，」巴利說：「那的確是馬克的作風。他有回碰到一個奶子有四十吋大的女人，他幾乎是一進門，外套還沒脫下就注意到那個女的，我都還沒來得及掏硬幣打電話給你，他就已經坐在那個女的身邊了。他真是連一點時間也不浪費。」

「他那副德性已經很久了，」史提夫說：「你也了解，除非剛結婚，不然他老兄每個晚上都去找野女人，真的是每個晚上。若是剛結了婚，他會先乖一陣子，但很快的，他又照幹不誤了。所以，自然而然，他跟女人結了婚，也總是有什麼事情導致他們分手。那些女人全是醋罈子，他一不在家，就開始胡思亂想。但是你能想像嗎？他老兄快五十歲了，現在又離了婚，他從來就不安於室，從不。你要怎麼說他都隨便你，但他就是一個精力旺盛的混蛋。」

「我希望他可以快點完事。」巴利說：「今晚真是個潮濕的爛天氣。」

「他會出來的，」史提夫說：「我們只要在這裡等，就像等他上門的女人一樣。馬克絕不浪費時間，他知道自己在做什麼。十個女人有五個去到那裡，都是要找人上床的，最後也都會跟馬克搞上，而馬克也總是能滿足她們，她們全是如此。你知道嗎，她們甚至不知道他是什麼來頭。」

「怎麼說？」巴利說。

「那些都是一夜情，」史提夫說：「馬克也從不用真名。」

「那他說自己是誰？」巴利說。

「這個嘛，」史提夫說：「他認識我們，對吧？而且他也認識迪隆，以及一大堆傢伙。他還會冒用一些名字，一些他自己也不認識的人名，純粹看他當時的心情而定。所以真正的情況是，也許會有四、五個女人，在某天晚上跟老公鬧翻了，於是來到某處找人發洩，然後以為自己跟我們上過床。」

「那個混蛋。」巴利說。

「喂，」史提夫說：「你還是要給他老兄一點肯定。」

「是喔，」巴利說：「如果他跟某個女人上床，卻是冒用我的名字，事後讓金妮曉得了，那怎麼辦？那樣一來，我就倒大楣了，更何況那還不是我幹的。」

「算了吧，巴利，」史提夫說：「我的意思是，誰認得你啊，況且這有什麼大不了。我還以為金妮信任你。」

「那當然，」巴利說：「因為她知道我不會幹那種事。」

「這不就好了，」史提夫說：「要知道，他大概不會特別強調他就是你，而且跟他上床的女人，很可能根本沒聽過你的名字，她們只是出來打炮的。他會一直強調自己是他媽的黑幫角頭，有一整套把戲來搞這些東西，譬如『我只會在城裡待上幾天，經常這樣進進出出。』他總是如此。除了賭局開張的那些晚上之外，他不是在這裡，就是在丹佛，在勞倫斯，他就是這樣到處跑，然後他會拿出一大捲鈔票，說是賺了八十五萬，其實也就是只是五萬塊。他會買戒指送那些女人，但很快又說：『我最近借住一個朋友那裡，因為住飯店不方便，他們什麼東西都要你簽名。這樣吧，我們可不可以去妳那裡？』當然啦，那個女的沒有自己的地方，呃，有是有，但是屋子裡有老人和小孩，再說，她可不想讓人知道自己住在哪裡。所以接下來你知道的，他們會去飯店，住宿費由那個女的付。迪隆說：『他不能帶她們去自己的地方，雖然他那裡並沒有蝨子跳蚤。拜託，住在那種地方，連蝨子跳蚤都會覺得丟臉。』但是他有凱迪拉克和金戒指，也會把自己說得天花亂墜，而那些女人都不疑有他，然後他們就上床。這些林林總總加起來，他比聖誕節還製造了更多歡樂好事。」

「你為什麼提到丹佛？」巴利說。

「因為他會去那裡，」史提夫說：「丹佛那裡有個俱樂部，他有時會去。他也去海灘俱樂部，那傢伙到處跑。」

「金妮她媽就住在丹佛。」巴利說。

「我懷疑他幹過金妮她媽，巴利，」史提夫說：「不過你若想知道，我會打電話給她，幫你問問。」

「總有一天我會打爛你他媽的長鼻子，史提夫。」巴利說。

闞特曼從龍蝦尾餐廳出來，身穿鼠灰色雙排釦長大衣，旁邊跟著一位四十幾歲的黑髮女子。他舉高右手招了一下，左手則導引那名女子走向馬路邊。一位穿著連帽外套的餐廳服務生將那輛褐棕色凱迪拉克老爺車開過來，服務生走出駕駛座的同時，闞特曼為那女人打開副駕駛座的車門，等她上了車，關上車門，又繞到車前，給了那名服務生小費，服務生「謝謝」一聲收下，看來他似乎與闞特曼並不相識，然後闞特曼鑽進了凱迪拉克。

史提夫和巴利坐進史提夫那輛金屬藍、黑膠硬頂的福特LTD轎車，雙雙關上車門。

那輛凱迪拉克開上波義斯屯街的東向車道，一路都是綠燈，過了赫里福街、格洛斯特街、費爾菲街和愛塞特街的十字路口。史提夫把他那輛LTD車維持在凱迪拉克右後方的車道，一路保持三個車身的距離，在通過費爾菲街和愛塞特街十字路口時都闖了黃燈。

「你這輛車也還不壞。」巴利說。

「你不是說過：少鬼混，多幹活。」史提夫說：「你可以為自己做點事，不要老是抱怨別人有什麼，而你沒有。」

「去你的，」巴利說：「上個月我才付給那個狗屁牙醫將近兩百五十塊，每次我才剛賺到一點錢，馬上就有什麼事將那一點錢燒掉。」

那輛凱迪拉克在達特茅斯街遇到紅燈停下。

「我一定是老了，」史提夫說：「我認識的朋友一個個都有牙齒的毛病。賈奇告訴我，他老婆前一陣子煩他煩得要死，說什麼要做根管治療。他老兄說：『那要花個九百塊錢，我可麻煩大了。』我都不知道做那種治療居然要花那麼多錢。」

達特茅斯街的燈號變成綠燈，凱迪拉克向前開去，車裡的那個女人挨近闞特曼。

「他在告訴她，待會兒他要上她。」史提夫說。

「有件事才真的讓我大失血，」巴利說：「緬因州的那件事，你知道那個混蛋怎麼敲我竹槓嗎？一天五百，外加雜費，我付給他將近三千九，還得加上他當初接下這案件時要我先預付的一千塊。」

凱迪拉克通過克雷頓街和柏克萊街時，一路都是綠燈，史提夫的車卻得要加速才能闖過黃燈。

「那是因為你太笨了，」史提夫說：「天底下沒有哪個傻瓜會像你那樣處理事情。而你，居然連聲抱怨也沒有，我想他是把你吃得死死的。就算你之後碰上其他人，保證你又會上鉤。」

那輛凱迪拉克在阿靈頓街遇上紅燈，停了下來。

「我這麼說可沒有想幹掉邁克的意思，」巴利說：「只是他收費實在太貴。」

綠燈亮了，凱迪拉克右轉到阿靈頓街，史提夫正要跟過去時，一名提著公事包、穿著灰色卻斯特菲爾德款式大衣的男子快步從車前走過，與一名身形高大、穿著紅緞內裡的薰衣草色斗篷、腳踩恨天高的白化症男子相會。史提夫切換車道，右轉進阿靈頓街，拉近與凱迪拉克的距離。

「看樣子他要去外交官飯店，」史提夫說：「想必這次是要找便宜的房間，他得自己掏腰包。不，我剛才是說，呃，其實還是一樣的事，你實在混得太凶，你若做點什麼，就會有點收獲。要去緬因州也不先來找我或賈奇，還傻成那樣，看到人家跟一家人團聚，你還跑去找麻煩。」

「得了吧，」巴利說：「是他不肯還錢。他從布倫那裡拿了筆錢，又不肯還，布倫不得不跟他要回來。你總不能讓人白白拿走那麼多錢吧。」

那輛凱迪拉克在史岱特勒．希爾頓飯店前換到左邊車道，然後左轉。

「不對，他不去外交官飯店，」史提夫說：「而是要去露臺飯店，那個女的想必有點銀子。那好，布倫拿回了錢，而你也得到了一筆。布倫付你多少錢去做那件狗屁事？」

「六百塊，」巴利說：「我需要那筆錢。金妮要去做牙套，那是我頭一次必須付那麼多錢。」

「六百塊，」史提夫說：「這麼說，你也只損失了三千二或四千二。邁克向你收的律師費，布倫給了你？」

「沒有。」巴利說。

那輛凱迪拉克駛入露臺飯店的停車場。

「沒有？」史提夫說：「你開口向他要了？」

「沒有。」巴利說。

「當然囉。」史提夫說。他把車停在停車場的半個街區外，熄了火。「所以，你差點又坐了牢，而你在那件事上頭花的錢，跟我買這輛車的錢一樣多，這就是我的重點。你遲早也要像我一樣，學會小心謹慎的辦事，否則你下半輩子就只能不斷想辦法擺平從一開始就不應該做的事，而你到最後將會一無所得。」

「好吧，」巴利說：「你就這麼不斷挖苦我好了，我來問你：既然你混得那麼好，那你為什麼還要出來扁人？」

「不是錢的問題，」史提夫說：「我現在身上帶了多少錢，你想看看嗎？」他在座位上挪動了一下，掏他的皮夾。

「不用。」巴利說。

史提夫放鬆下來。「我現在身上有兩千一百塊，」他說：「我不必再揹這輛車的貸款，還有前幾天我也把支票寄給了麗塔。我不缺錢，做這件事只是在幫一個傢伙的忙。在此之前，我有一些做不了的事，是賈奇幫了我……」

「賈奇並不扁人。」巴利說。

「他是不扁人，」史提夫說：「但是有一些事賈奇做得來，你知道嗎？巴利，這個世界上有些事並不是靠你到處跑，然後對別人動手動腳來完成的。那些事你不懂，因為你只想很快的賺個幾百塊，根本不考慮到頭來會有什麼結果。當賈奇離開時，他把九號公路上的那些機器給了我，他其實不必那麼做的。」

「那是因為他自己處理不了。」巴利說。

「沒錯，他處理不了。」史提夫說：「但他也用不著交給我，他不必對那些傢伙說：『好，我要你們將這個東西交給史提夫，他這人不錯。』但是他的確說了。所以，若是賈奇需要我幫他這個忙，而這件事又能幫我的笨弟弟立刻賺到個幾百塊，那我就會去做。」

「我需要這筆錢。」巴利說。他點了一支溫徹斯特雪茄。

「你幹嘛抽那種爛東西？」史提夫說。

「因為它們不會那麼早就讓我掛掉。」巴利說。

史提夫點了一支藍星。「呃，」他說：「你真的把雪茄菸吸進去，是嗎？」

「有時候我忘了，就會不小心吸進去，」巴利說：「但不常。吸的時候，他媽的就像是吞火。」

「是啊，」史提夫說：「你該不會是要告訴我，那玩意裡頭都是些狗屎吧。」

「屁啦，」巴利說：「我是說，我們抽菸抽多久了？」

「我從十二歲開始抽。」史提夫說。

「好吧，」巴利說：「我那時跟現在一樣是個大蠢蛋，什麼事都是聽你的，這樣我開始抽菸是十一歲。所以，我是說，我抽菸抽了快三十年，這在今天可能也沒什麼大不了，但金妮一直反對。我抽過亞米茄牌一段日子，後來也抽過其他牌子。」

「我吃不出幕間牌的小雪茄味道有何不同，」史提夫說：「我一直分不出來。當你自己在抽菸時，那個菸味是一回事，但是當你跟抽菸的傢伙在一起時，我發誓，那味道就像那個混蛋烤了一隻貓或什麼的烤了一整天。」

「是啊，」巴利說：「所以，我現在已經有一年多沒抽菸了，除了在緬因州的時候。我告訴你，我曾經在三天內連續抽了大約二十包幸福牌。除了那次，我還抽雪茄，本來以為抽的感覺會比較好，但其實沒有。那些傢伙老是要我們戒掉什麼，以為把菸戒了，感覺會比較好，金妮也這麼告訴我，但是我沒有，戒菸只是讓我吃得更多。總有一天他們會說，這種狗屁東西不能再賣了，這事遲早會發生。」

「永遠不會發生，」史提夫說：「我問你，一百個人之中有多少人能像你一樣，戒了又抽，抽了又戒？也許才兩個。他們才不會禁止賣菸哩。他媽的，以前也禁過酒，現在還不是又賣了；而且，他們現在可是有課酒稅，對吧？你認為我和賈奇在那東西上繳了多少稅。你以為，他們在准我賣的東西上面課不了稅嗎？你以為他們禁得了我賣這些玩意兒嗎？我賣的錢有三分之一都拿去繳稅了，夠他們不喊停。現在小孩都能抓到我在賣這東西，而且很多傢伙也在做這一行，所以他們知道不能禁止我，他們也知道，根本禁止不了所有人，所以他們不可能那麼做。」

「老天，」巴利說：「那個混蛋花的時間也夠久了，是不是？」

「喔，」史提夫說：「你也知道，你必須讓人有充裕的時間辦事。我問賈奇：『好極了，那傢伙要去打炮，而我卻得跟著在外面等一整晚。拜託。』賈奇說，不用，他不會待到那麼晚。他得到他要的之後就會回家，不會待超過一點。」

「我還是認為我們實在夠好心了，」巴利說：「居然讓那傢伙過得那麼爽。也許就是這樣他身體還能保持得這麼好。」

「他是個相當聰明的混球。」史提夫說。

「今晚他可不是。」巴利說。

「呃，」史提夫說：「我是說，關於馬子的事，他算得上是這種人。但他還不夠聰明，因為他不跟她們結婚。有幾次他真的不夠聰明，像賭局的事就是，對吧？大部分時候他把賭局管理得很好，弄得皆大歡喜，那算他聰明，沒有造成糾紛，只是讓自願上鉤的傢伙上門，也沒有狠狠坑死他們。你知道嗎，他抽頭抽得並不凶，雖然從不說抽了多少。不，他只是偶爾來這麼一次，卻使人覺得他把每個人都吃乾抹盡，而那不就是同一回事。」

那輛凱迪拉克老爺車從停車場出來，在出口暫停了一下。史提夫跟著發動了引擎。凱迪拉克開了一小段路，向西轉入尼蘭街，史提夫則是將車向東轉入尼蘭街，他從後視鏡看到，凱迪拉克的車尾燈慢慢消失在派克廣場。

「你確定他要回家。」巴利說。

「沒錯，」史提夫說：「他真是夠賤。我們走收費道路。」

史提夫把車開在麻薩諸塞收費道路的中央車道上，時速不超過六十五哩，不到七分鐘就抵達厄斯屯的出口。他把零錢投入收費站的收費箱，右轉到劍橋街。十一點五十分，他們抵達布萊頓區的謝利丹街，車就停在一個消防栓旁，熄了火。

「好了，」他說：「他家就在左邊算去第三間磚造房屋。」

「旁邊停著一輛黃色雪芙蘭的那間？」巴利說。

「再下一間。」史提夫說。

「沒有私人的車道。」巴利說。

「沒錯。」史提夫說：「吝嗇鬼都把車停在路邊。」

十二點過九分，一輛凱迪拉克緩緩從ＬＴＤ汽車旁經過，史提夫兄弟從容的坐在車內。

十二點二十分，凱迪拉克又緩緩開過ＬＴＤ汽車。史提夫說：「如果他又開過來，我打算把車開走，把停車位讓給他。」

十二點三十五分，闞特曼走在謝利丹街的人行道上，自ＬＴＤ汽車後走過來。當他來到ＬＴＤ汽車後的保險桿時，史提夫說：「就是現在。」

兄弟倆下了車，巴利說：「就在站那裡。」

闞特曼停住，皺起眉頭，說：「你們，你們兩個……」

史提夫用一把長兩吋、警探專用的點三八左輪手槍指著闕特曼，說：「上車吧，馬克。」

闕特曼說：「你，你們兩個，我身上沒有錢。我沒有，我身上沒有錢或任何東西。」

巴利說：「你他媽的上車吧，馬克。」他走向闕特曼，拉住他的右手肘，闕特曼微微抵抗。「上車，」巴利說：「你他媽的上車吧，馬克。你**一定得**上車，你**很清楚**你非得上車，幫個忙，快上車！」

闕特曼緩緩走向車身，看著史提夫。史提夫穩穩拿著左輪手槍。闕特曼說：「史提夫，你們兩位，我什麼都沒做。」

史提夫說：「巴利，推他上車，你也進去。」

巴利輕推闕特曼，闕特曼說：「我是說真的，我什麼都沒做。」

巴利說：「馬克，我們時間很多，可以慢慢談。你就上車吧，行嗎？」

闕特曼彎腰上了車，坐在後座。史提夫鑽進了駕駛座，關上車門，轉身將槍口指著闕特曼。巴利最後一個上車，關上車門。史提夫接著將手槍交給巴利。闕特曼說：「你們為什麼要這麼做？」

史提夫發動了引擎。

「我可以，你知道，我可以做點什麼，」闕特曼說：「你們想對我來硬的，我可是認識一些傢伙，知道誰有本事，我知道可以打電話找誰。你們可要先想清楚。」

「你可能已經做了什麼，」巴利說：「可能這就是你為什麼會在這裡，因為你已經做了什麼。」

「我什麼都沒做。」闕特曼說。

「好了，」史提夫說：「你會沒事的，馬克。」

「你不用擔心什麼。」巴利說。

史提夫將車右轉駛入聯邦大道，開了一段又左轉到栗子山路，遇到岔路，轉向左邊的聖湯瑪斯．摩爾路，接著再右轉到貝肯街。

闕特曼說：「你們都認識我，為什麼要這樣對付我？史提夫，你們看來都混得很不錯，老天，幹什麼要這麼做？」

「有人要我來找你談談，」史提夫說：「我說我會跟你談談——談談，你懂吧，馬克？以前你不也找過我們，要我們去跟某人談談？」

「沒錯，」闕特曼說：「所以我才不明白，你們為什麼要這麼對我？」

「為了同樣的理由，」史提夫說：「以前我們是為你辦事，這一次我們是為別人辦事。」

史提夫左轉到漢孟街，又右轉到九號公路栗子山購物中心後面的停車場。他把車停在理查霍爾斯登大樓後方的陰影中[1]。

史提夫下了車，折起駕駛座的椅背。

闞特曼看向巴利，巴利用左輪手槍指著他。「下車吧，馬克。」他說。

闞特曼說：「拜託你們，讓我好好解釋，好嗎？」

史提夫說：「你說吧，馬克。」

闞特曼說：「我什麼都沒**做**。」

巴利將手槍湊近闞特曼的臉。「**馬克**，」巴利說：「有些事情比談談還要嚴重，你懂嗎？現在我們想做的，就是跟你好好談談，這也是我們真正的目的。要知道，如果你的態度一直如此，你可能會惹火所有的人。」

闞特曼猶豫著，史提夫把手伸進車內，抓住闞特曼外套的左肩部位，用力一拉，闞特曼的上身湊近史提夫，史提夫說：「馬克，你不要再硬撐了，好嗎？你也知道，一個不乖乖聽話照做的傢伙，他的下場會是什麼，你就不要再找我們麻煩了，行嗎？

1 R. H. Stearns（1829-1909），麻州富商、慈善家與政治家，以自己為名開設了波士頓最大的連鎖百貨之一。

我們兩個不過是受託來跟你談談，我們要問你話，你也要回答我們，就這麼簡單。除非你不想談或是怎樣的，那麼情況就大不相同，你明白嗎？你應該曉得利害，現在你他媽的給我下車，省得我發火。」

闞特曼向前挪動，下了車。巴利也迅速下車，並且將手槍交給史提夫。

闞特曼站在車旁，雙手緊貼身體兩側，他面對史提夫說：「兩位，說真的，我什麼也沒做，更不明白現在是什麼狀況，如果我做了什麼，自然心知肚明，不是嗎？我是真的不知道怎麼回事，你們二位一定要相信我。」

「馬克，你給我到車後去。」史提夫說。

闞特曼雙手稍稍一攤，掌心向上。

「你快過去，馬克，你這個混蛋，」史提夫說：「你他媽的是要逼我開槍嗎？」

闞特曼側身向左往後移動到了車後，雙手緊貼身體兩側站著。史提夫與他相距三呎，用槍指著他。巴利繞過史提夫後面，站在史提夫右邊。

「我對天發誓，讓我母親得癌症好了，」闞特曼說：「史提夫，那件事真的跟我無關。我敢對天發誓，史提夫，你……你不能告訴他們嗎？我知道看起來像是我幹的，我知道。但是我對天發誓，史提夫，我什麼都沒做。」

「他沒有做，」巴利說：「史提夫，你就是想問他這件事？」

「是啊。」史提夫說。

「馬克，我們想跟你談的就是這個。」巴利說。

「沒錯，」史提夫說：「這件事，跟你一點關係也沒有？」

「史提夫——」闕特曼說。

「馬克，那件事是什麼事？」史提夫說。

「史提夫——」闕特曼的聲音都破了：「史提夫，我對你說過謊嗎？我並沒有對你說過什麼，對吧？」

「現在嗎？」巴利說。

「嗯哼。」史提夫說。

巴利向闕特曼走近兩大步，掄起右拳，像壘球投手般揮了出去。闕特曼雙手摀臉，正要退向汽車的後車廂以求緩衝時，巴利的右鉤拳一拳擊中他的鼠蹊。那一擊不僅阻止他的退勢，還讓他飛撲向前，摀著臉的雙手垂了下來，嘴巴張著，雙眼圓睜，吐氣與哀號聲同時發出。他雙手壓住鼠蹊，整個人彎了下去。

巴利退了半步，左腳往前一踩，右膝朝上一頂。這一頂正中闕特曼的嘴，伴著碎裂聲他頭朝後仰，身體往左蜷縮倒下。

巴利一把抓住闕特曼的衣領，將他提起來抵在車身上。闕特曼垂著頭，哭了，嘴巴吐出一大口鮮血和粉紅色的液體。他抬起頭，眼睛緊閉，鼻子嘴巴鮮血淋漓，外套上還沾了一些鮮血和粉紅色的液體。

「馬克，你說的這件與你無關的事是什麼呢？」史提夫說。闕特曼將頭一下搖向左邊，一下搖向右邊。他伸了伸舌頭，舌尖沿著嘴唇舔著。他又低下頭，將鮮血和粉紅色液體吐在停車場地上。

「他不回答。」巴利說。

「一定是沒聽清楚。」史提夫說。

「也許我該再試一次，」巴利說：「以便確認。」

「是啊。」史提夫說。

「不要。」闕特曼說，聲音提高了聽起來像是「弗要」。

「閉嘴，你這混蛋。」巴利說，他朝闕特曼的胃部狠狠揍了兩拳，闕特曼挨第一拳時，整個人彎了下去，第二拳打得他急促的吐出一口氣來。史提夫和巴利迅速後退了兩步，因為闕特曼往前撲倒時，把消化到一半的牛排、沙拉以及鮮血嘔了出來。接著闕特曼胸口著地趴了下去，臉轉向右，呼吸聲變得很混濁。

「你看怎麼樣，史提夫，」巴利說：「你覺得他不行了嗎？」

「最好再給他個一分鐘。」史提夫說。

「他也許還有些話悶在肚子裡。」

闞特曼閉著眼睛，嘴巴冒出更多穢物、鮮血和粉紅色液體，從臉頰流到地上。

「現在再試一次看看。」史提夫說。

巴利走上前，一手抓住闞特曼後衣領，把人整個提了起來，讓他靠在車身上。闞特曼的頭軟軟的歪向左側，眼睛依舊閉上。

「馬克，那兩個小子是誰？」史提夫說。

闞特曼乾嘔了一下，嘴巴和鼻子流出鮮血。

他虛弱的將右手伸向臉，用指尖輕輕碰觸，緩緩搖著頭。

「我聽不到，馬克，」史提夫說：「那兩個小子是誰，馬克？」

闞特曼探觸著嘴巴附近被打爛的部位，嘆了一聲，眼淚從緊閉的雙眼流出。他又緩緩搖著頭。「我，」他說：「他們……我不……」

「他還是說他什麼都不知道。」巴利說。

「是啊，」史提夫說：「你覺得呢？」

「你認為他不知道？」巴利說。

「老天，」史提夫說：「也許他真的不知道。」

「但是，這些傢伙可說不準的。」巴利說。

「我知道。」史提夫說：「我聽說有個傢伙，人家問他認不認識某兩個傢伙，他說他不認識。但你猜怎的？他認識。」

「最好再問問他？」巴利說。

「是啊。」史提夫說。

闕特曼滿嘴是血，輕聲哀叫。

「選個部位，」史提夫說：「不要被髒東西噴到。」

闕特曼呻吟著，頭軟軟的滑向右邊。他睜開眼睛，巴利又走向前。他看見巴利握緊的右拳，平移越過左肩。他趕緊閉上眼，身體突的一抖，往左閃避。巴利的拳拉開一道弧，掌根敲中闕特曼的右顎，他的顎骨喀嚓一聲裂了。他的臉立刻轉向左側，身體先是朝上伸展，再轉左側，然後滑下，接著後腦撞上車身左後方的擋泥板，眼瞼倏地張開，復又闔上。他嘴裡唔唔作聲，喉嚨也傳來液體流動的聲響。

史提夫走向闕特曼，俯身查看。「馬克，」他輕輕的說：「你確定？」

闕特曼呻吟著，頭在人行道上搖晃著。

「那兩個小子，」史提夫說：「馬克，我們要跟你談的就是那兩個小子。你真的不知道那兩個小子是誰？真的不知道？」

闕特曼的頭輕輕擺動著。

「因為我必須確定，」史提夫說：「真的必須如此，馬克，整個情況就是這樣。你讓我耗在這裡一整晚，我還有巴利，就為了確定這件事。我很不喜歡這樣，而且這對你會是一個悲慘又漫長的夜晚。」

闞特曼突然嘔吐，噴出小量的粉紅色液體和鮮血，濺了一些在史提夫的皮鞋和寬褲腳上。

「你這混蛋！」史提夫說，他迅速後退，又立即往前飛出一腳，踹中闞特曼左側的胸廓，靠近腰帶的位置，只聽得肋骨應聲碎裂。史提夫抬著腳，在闞特曼外套的衣角擦了一下皮鞋。闞特曼喘著氣，哀嘆呻吟。「你這個混蛋。」史提夫說道，又退後了兩步。

「你覺得怎樣，史提夫？」巴利說。

「上車吧，」史提夫說：「居然吐到我身上，我要倒車輾過這個混蛋。」

LTD剛開動時，車尾燈的紅光照亮了渾身是血的闞特曼，他就這樣仰躺在霧氣和暗夜之中，呼吸粗重，不時的呻吟著。沒多久，他就昏死過去。

那輛LTD從漢孟池公園大道的出口駛離了停車場。

在九號公路的東向車道上，巴利說：「他媽的我又把手打傷了，我老是這樣。」

「親它一下吧，感覺會舒服一點，」史提夫說：「你的手沒事的。他媽的柯根，那個混蛋把我衣服弄髒了，我一定要他賠。」

「我想這輛車應該也要洗一洗吧？」巴利說。

「我會的，等到了安全的地方。」史提夫說：「我會先放你下車，這把槍你就留著，行吧？瓦特鎮那裡有個地方，二十四小時營業，我要去那裡。」

「然後呢，」巴利說：「然後你要去哪裡？」

「不干你的事，」史提夫說：「怎麼，你想跟我一起去？」

「我今晚一定睡不著，」巴利說：「每次幹了這種事，我都需要和緩一下。」

「回去告訴金妮，你不要啤酒了，」史提夫說：「叫她給你泡杯熱牛奶，吃點什麼。」

「去你的。」巴利說：「不過，關於那傢伙，你認為呢？你認為他知道內情？」

「我不覺得。」史提夫說：「他媽的誰還管他？他只是坨屎。」

「這個嘛，」巴利說：「我是說，我將他料理得還不錯。」

「或許，」史提夫說：「或許他知道內情。」

「那樣的話，他倒是站得相當穩，」巴利說：「我是說，如果他知道內情的話。」

「他必須站得穩，」史提夫說：「如果不這樣，他知道接下來會發生什麼事，他很清楚這一點。」

7

法蘭基將那輛深綠色GTO敞篷車停在亞瑪多的駕訓班前，他上身穿白色套頭毛衣，外加灰色雙針織運動外套，下身配褐色燈芯絨喇叭牛仔褲和丁狗牌牛仔皮靴，下車後他將車鎖上，進了駕訓班。

「哦，」亞瑪多說：「你看起來好些了，還有改進的空間，但頭髮好看多了，不過定型劑噴太多了。」

「我沒用定型劑，」法蘭基說：「我又不是他媽的同性戀。這是髮膠，幫我剪頭髮的那傢伙送的。」

「下次換個人剪頭髮吧，」亞瑪多說：「還有我看見你弄了輛車。」

「我一向就不喜歡搭電車。」法蘭基說。

「花了多少錢？」亞瑪多說。

「一千八，」法蘭基說：「當然還得加上他媽的貨物稅，但性能非常好。」

「情況好了些。」亞瑪多說。

「好多了，」法蘭基說：「昨晚帶馬子出去，我可是有地方，也有車能帶她去了。

有沒有駕照？我跟假釋處的那傢伙小吵了一架，他搞不懂，我幹嘛這麼快就要拿回駕照。我回去收拾東西的時候，還跟我妹夫說：『對了，如果有人問起，就說你借了錢給我，好嗎？』狄恩這個人沒問題，他看了我的車，說：『我不是要探聽什麼，但我覺得突然之間，你居然混得比我好了。』可不是嗎？真是好極了。我到假釋處去，管事的傢伙看著我說：『穿得還真是有模有樣。』我說：『欸，上次我來，你對我翻白眼，說我像個流浪漢，老天，我還以為你會因此撤銷我的假釋。所以我現在向家人借了點錢，終於看起來像回事了，也不搭送雞的貨車過來。結果你卻還是要挑剔。』沒錯，我的確好極了。」

「你現在住哪裡？」亞瑪多說。

「在諾伍德，」法蘭基說：「就只是間套房，有現成的家具，不過地點在第一號公路旁。但是噪音大又怎麼樣，反正都是在外頭。」

「居然搬到那麼遠，」亞瑪多說：「我還以為，像你這種傢伙會在波士頓找個地方住，要是我就會。」

「嗯，」法蘭基說：「你知道嗎，那裡比較便宜。還有，我在波士頓市區這一帶認識的阿貓阿狗太多，好比我妹夫。如果我在波士頓有了地方住，第一個要想到的就是，他肯定會不時跑來借用我那兒，這樣一來，珊蒂勢必對我大大感冒。我一想到這點，就覺得住波士頓肯定無法耳根清淨。假釋處那傢伙一聽我要搬去諾伍德，也大有意見，他說：『你幹嘛跑去諾伍德？你在那裡做什麼？』我告訴他，我認識的一個傢伙在那裡幫我弄了份工作，什麼工作呢？管理一幢房子，不但租金和其他費用可省下一些，還可以另外找個工作，不會惹上麻煩。」

「他們會去查，」亞瑪多說：「這種事他們會去查。」

「他們要是真去查，就會先打電話給我說的那個傢伙，」法蘭基說：「而那傢伙也會照我講的告訴他們，說我是希斯李公寓管理公司的維護工程師。」

「是工友吧。」亞瑪多說。

「是工友。」法蘭基說。

「待遇怎樣？」亞瑪多說。

「嗯，」法蘭基說：「週薪五、六十塊，只不過我應該不會常去要這份薪水。我對那傢伙說，我才剛從牢裡出來，那家公司的老闆很快來就找我面談，他是個塊頭高大的猶太人，這麼安排是他的意思。」

「他老兄是想在稅務上動他媽的手腳。」亞瑪多說。

「是啊，」法蘭基說：「好像他也在哪裡養小老婆什麼的，我不知道，那個我才不想管。」

「這樣的話，」亞瑪多說：「你接下來要做什麼？」

「這個嘛，」法蘭基說：「這是我今天過來的其中一個目的，你知道嗎，我覺得有些事必須好好跟你談談。我自己有一些想法，跟羅素談過一些，他自己也有別的想法。但是說真的，我不想採取行動，除非我們看到另一件事的後續發展不成問題。我呢，聽說了那件事，所以來找你談談。」

「闕特曼被狠狠揍了一頓。」亞瑪多說。

「我指的就是那件事，」法蘭基說：「所以我很好奇，你有什麼想法？」

「沒有，真的沒有。」亞瑪多說：「你知道為什麼沒有嗎？我今天早上路過廣場，走進去買了報紙，看到幾個傢伙，心想可能發生了什麼事。我以前就經常那樣，從牢裡出來之後，仍舊繼續那麼做。你看，我就像那些老頭子，每天早上第一件事就是到咖啡店，在吧臺點一杯咖啡加茴香酒，只不過我不是喝咖啡什麼的，而是買份報紙，這已經成了習慣。很長一段時間，每個星期五早晨，我總是看著布林克保全公司的人替阿姆斯壯工廠運送鈔票。自從我，嗯……十五歲開始，每天上學的時候，我都習慣這麼做。在學校念書的時候，我賭狗賭得很凶。」

「噢喔。」法蘭基說。

「嗯，」亞瑪多說：「那就是我的意思。我怎麼會知道，我真的沒有任何想法，因為當我開始想到那件事，我就不願意再想下去了。下好離手啦，不，我什麼想法都沒有。」

「我的感覺還是一樣，」法蘭基說：「我個人覺得任何人都不可能走過比利水族館，而不會被人給攔住。還有那條巷子，那條巷子很窄，我打賭不到三呎寬。」

「你又跑去那巷子看了？」亞瑪多說。

「我前天晚上去了那裡，」法蘭基說：「我聽到闞特曼出事了。你知道嗎，我可不想變成闞特曼，但我並不因此覺得難受。就像你說的，出獄後我不能只是遊手好閒，我需要做點安排。你知道嗎？我在想的其中一件事是，有些傢伙是怎麼又回到監獄的，他們會搞點事做，擬好計畫，然後下手去幹，也得手了。但後來他們又變得遊手好閒，慢慢的銀子花光了，他們必須再做點別的，很快就可以撈一筆的那種。然後他們去做了，卻被逮了，人就又不見了。我不要那樣，我不想再坐牢。

「於是我開始想，」法蘭基說：「『約翰對其他事情的看法是對的，而我現在人就在這裡，也許他對這件事的看法也是對的。』所以我到處走動、查看。當然不是為這件事。你知道嗎，我想那裡可能是因為星期二什麼的，所以沒有人到處走動、監看，這跟其他日子的狀況不同。但我認為差別不大，約翰，我還是認為你不能碰那件事。」

「你的看法也許是對的，」亞瑪多說：「那是我的另一個習慣。嗯，至少我知道這點，當我無法思考的時候，就重新考慮那件事或是布林克保全公司的事。我想幹那件事，你知道嗎，看那樣子似乎是手到擒來，但是並非如此。這兩件事都是。只是我又想到，這兩個地方都有大把的銀子，若是能搞一票來總是好的。」

「你的手氣還沒有好轉？」法蘭基說。

「法蘭基，」亞瑪多說：「我的手氣一直**背得要命**，不知道好運跑哪去了。我並不笨，你知道嗎，我上一次手氣好是在哪一年？我一直在回想，那是一九六二年。已經隔多久了，你能想像嗎？一九六三年我什麼都沒撈到，什麼都沒有，沒有破產就算運氣好了。後來我們幹的那件事把我弄得七葷八素，這就是我為什麼要冒這個險，老天爺，我就是因此才要從一開始就好好盤算。」

「那也是我一直在想的事之一，」法蘭基說：「另外還有一件。」

「老天，法蘭基，」亞瑪多說：「我不知道，有一夥人前兩天搶了南灣，你曉得吧？是好幾個混蛋幹的，我不知道他們是誰。之後我這個駕訓班門口來了六個條子巡邏，就在外頭守著，看看是否有人在附近晃來晃去，或是要來找我。發生了那種事，他們到現在都會覺得有可能是我們幹的。」

「讓他們去猜吧，」法蘭基說：「我現在覺得上回我們出的包，就是馬提搞的鬼。」

「沒錯。」亞瑪多說。

「如果我們當時另外找人來代替馬提，而且是個被問到名字什麼的，不會他媽的嚇破膽的貨色，」法蘭基說：「那樣我們根本就不會出問題。」

「你說的對，」亞瑪多說：「他媽的在一開始，就連博士也沒問題，他一定是大姨媽來了。」

「好吧，」法蘭基說：「另一個問題是，我認為我們可能找太多人加入了，這是我想到的另一個問題。我認為兩個人動手應該就夠了。整件事由一個人做完整的規畫，另外找兩個沒在那附近逗留過的人實際下手，這樣就夠了。一旦你找來的人多了，你就要有辦法能掌控這些人才行。」

「若是在這附近一帶，那就辦不到。」亞瑪多說。

「我所想的不是在這附近一帶，」法蘭基說：「我想的是，選在陶頓那地方，怎麼樣，你覺得呢？」

「太困難了，」亞瑪多說：「我沒法常到那裡去。老天，去一趟登記處得花上個半天——我要處理一些拉里拉雜的狗屁，又要跟一堆沒禮貌的豬頭打交道，那總要花上半天吧？你知道嗎，我還不算是太愛抱怨的。一個傢伙選上了什麼鬼玩意兒，他帶來一大家子笨蛋，他們會不做一些狗屁倒灶的事嗎？真是他媽的棒透了。他們做的全是些有的沒的，我們老百姓還得讓那些懶人過得舒舒服服。而且這些豬頭呢，他們全都很**沒禮貌**。我可以告訴你他們都是些什麼人，你知道他們怎麼樣嗎？他們就是死都不鳥你。你上門去辦事，就得一直等一直等一直等，當然你等的時候是沒別的事可做，然後輪到你了，他們全坐在那兒。喔，都是女的，那些有大奶子的臭三八，才下午四點半，她們卻全坐在那裡，跟男朋友打電話，聊今天晚上要在浴缸裡搞什麼狗屁。然後，五點了，她們掛上電話，男朋友已經開始在浴缸放水了，她們則告訴你，下班時間到了，明天請早——換句話說，就是去你的。

「我這兒也有一樣的問題，」亞瑪多說：「他媽的沒有人在辦正經事。我去登記處，在那裡一直站著，浪費了他媽的一整天，回到了這裡之後，你認為有人在認真做事情嗎？你錯了，他們全都在鬼混，聊天、瞎扯，什麼都來。我老婆康妮，我必須稱讚她，她很盡心盡力的處理好業務，這點我承認。我從牢裡出來，壓根沒料到這裡還在營運，雖然也只是還過得去而已。她找來工作的小鬼，如果你緊緊盯著他們，他們就會好好工作。但是你一旦讓他們曉得你會出去個大半天，不在辦公室裡看緊他們，那麼情況可就糟了。

「好像是上個月吧？」亞瑪多說：「上個月有筆帳單幾乎遲付了一個星期，支票也至少晚了二個多星期才寄出去。有個傢伙打電話來問：『呃，亞瑪多先生，您的款項呢？』然後他告訴我，他們來修車時裝了三個新的變速器、兩個調節器，還換了三個輪胎，那是因為我一個偉大的客戶把車撞上人行道了，那傢伙向我要大約八百塊修理費，要我趕快付錢。

「所以我過去辦公室。」亞瑪多說：「那個小賤人正坐在那裡。老天爺，她一面在搽指甲油，一面在跟她男朋友講電話。我在一旁等著，拜託，她的薪水是我付的耶。她不過是在談下班後他們要怎麼玩，沒有理由不停下來，而且那時也還沒到下班時間，我還在付她薪水。不，就是不停。最後她終於掛上電話，我告訴她，幫幫忙好不好，沒有人這樣上班的，我們需要安排一輛拖吊車，因為有個傢伙不肯派車過來。她卻說：『亞瑪多**先生**，我很**忙**，沒有**時間**。』老天爺，我一星期付她一百三十五塊薪水，居然是讓她忙那種事。」

「她就是屁股滿好看的那個？」法蘭基說。

「就是她，」亞瑪多說：「還沒等我發作完，那個小賤人居然嗆我法庭上見。到時候我打算裝出一副蠢樣子，告訴法官說，我有錢付帳單，但是我無法讓她掛掉電話把支票寄出去。」

「後來她怎麼樣？」法蘭基說。

亞瑪多沒有立刻回答，停了停才說：「嗯，她還好。但總而言之，分內該做的事情還是要做。」

「你沒有學到教訓，」法蘭基咧嘴笑著說：「我打賭你小時候，大概花了八年才學會不在褲子裡拉屎。」

「這我知道，」亞瑪多說：「但是，我還是無法天天跑去陶頓或別的地方。你知道嗎，即使我無法做什麼大改變，也還是要維持這裡的正常運作。」

「所謂『天天』，」法蘭基說：「是指在正常營業的時候去。」

「那你是想要從屋頂進入還是怎樣？」亞瑪多說。

「是的，」法蘭基說：「選星期日的晚上來做，像是鑽破屋後的牆壁什麼的，動手的兩個人必須對那裡瞭若指掌。我想，必須有個人先去那裡一趟，畫一張大致的平面圖，做為參考。當你進到裡面之後，才知道要怎麼行動。而且你必須知道錢放在哪裡。」

「你還得找一個懂得警報裝置的人，」亞瑪多說：「那位愛狗人士懂這些嗎？」

「我沒打算找羅素，」法蘭基說：「如果是在平常營業時間直接從大門闖進去，那我會找羅素。但是羅素已經到外地去了，是跟那個一起偷狗的傢伙走的，我不知道他會不會回來。如果回來，大概也不想加入，他自己有個買賣。」

「什麼買賣？」亞瑪多說。

「我沒問他，」法蘭基說：「古柯鹼吧，我猜。」

「那可以賺個上百萬。」亞瑪多說。

「也許吧，」法蘭基說：「但也許才進行個六分鐘就被抓了，然後去蹲個二十年苦牢。那玩意兒很危險，這一帶沒什麼機會，你知道嗎？大家都在抓毒，一大堆緝毒組的便衣。我聽說有幾個傢伙，他們在波塔齊的巴士總站卸了六萬劑的甲基安非他命，然後運回來，結果這幾個狠角色，竟被十個癟三擺道。老天爺，比起找他媽的持槍黑鬼的麻煩，條子對這種大案子更是有興趣。羅素膽子很大，他沒找我參一腳，那個跟他一起偷狗的傢伙，我想他應該也沒有加入。我認為這件事他沒有找任何人合作，如果你要幹這種事，不可能找其他人摻一腳。我也沒打算找羅素，我考慮的是我妹夫狄恩，他在服役的時候，擔任的是電子技士，他到現在還一直在搞那些玩意兒。」

「他對警鈴裝置行嗎？」亞瑪多說：「我還以為他是在加油站上班。」

「是沒錯，」法蘭基說：「不過，他在自家的廚房桌上裝了一套四聲道的音響，好像是他看見我買車之後說的，他說：『如果我有了那個，如果我有一點額外的銀子。』他說他想要自己組一臺彩色電視機。那些都是同樣的玩意兒，不是嗎？我是說，那些都是電路之類的東西。他很懂那一套。」

「你認為他會幫你的忙？」亞瑪多說。

「那要問過他才知道。」法蘭基說：「嗯，我想先跟你談，聽聽你的想法。我無法像你一樣，把一件事的所有細節都看清楚，要我進去動手沒問題，但我必須有平面圖。我無法像你那樣注意大大小小的事，所以我要先找你談，然後才能找我妹夫談，但我想他會答應的。」

「他以前也幹過這碼子事？」亞瑪多說。

「我想面對買了車的人，他會願意幫忙。」法蘭基說：「而且他告訴我，我那輛車需要做一些調整等等的，他也願意幫我弄，零件不花我一毛錢。他很需要銀子。」

「一定要選在陶頓嗎？」亞瑪多說。

「屁啦，當然不。」法蘭基說：「我剛說過，因為大家都太注意我們在這附近幹的事，所以不能選在這一帶。我還沒想好特定目標，但要很容易就能進入的，也許是才剛開設的地方，保險箱還是用塑膠之類的材料做的，而且裡頭有些錢。另外的條件是動手時，不會讓全世界看個一清二楚。」

「前兩天晚上我帶康妮去看電影，」亞瑪多說：「劇情爛透了，地點在布洛斯屯的一家購物中心，名字我忘了，只有一層樓。」

「你再去看看，」法蘭基說：「我也會開車去那裡晃一下，如果覺得適合，我們再來好好想一下。」

「好啊，」亞瑪多說：「你知道嗎，我開始喜歡這個點子了。這種事很有趣，就像上回的事，對不對勁，你立刻就能判斷。」

8

「他是個驢蛋，」柯根說，他坐在銀色的龍捲風轎車內，那輛車停在劍橋克羅寧地鐵站後方的停車場內。「他之所以驢，是因為他是個賭徒，至少他自認是個賭徒。不過他其實蠢斃了，他不到賭場裡賭，而是對其他的玩意兒下注，所以天字第一號驢蛋就是他。」

「我現在很喜歡到賽馬場去，而且是一個人去。」那司機說：「近幾年來，我從沒錯過任何一場林肯賽馬場的開幕式。」

「我也是，到現在還是如此。」柯根說：「儘管我每次去賽馬場，都是輸。」

「我不是，」那司機說：「當然我賭得不大，但是我有個下午贏了四、五百元，而且輸的錢很少超過二、三十塊。此外，我也玩得很開心。」

「是很愉快，」柯根說：「雖然比不上下對注中了頭彩來得好，但是很有樂趣。我會去那裡，是因為其他人也去，這是件不錯的事，去吸吸新鮮空氣，看看其他人，說不定還賭贏了；就算輸了，那又怎樣？

「但是松鼠，他就不是那樣。」柯根說：「他從不去賽馬場，從不去任何賭博的場子，卻是對任何事情下注。他不是因為得知了什麼消息而下注，而是對那件事感興趣，認為會有所獲得。他會下注是因為那是他長久以來的習慣，好像不這麼做，他就活不下去。他下注時，自認一定會贏，他永遠都想要贏。」

「有些人真的贏了。」那司機說。

「我認識某些贏了錢的人。」柯根說：「他們有些是在特定一匹馬身上動手腳，結果贏了錢；有些人則是在這匹馬之外所有的馬身上動手腳，結果也贏了錢；還有少數的人，一、兩個，也許是三個，我不知道，他們花了一輩子在馬的身上下藥，結果也贏了錢。除此之外，另有些人賭馬贏了錢，然後又輸掉了，但是他們都能坦然面對，不會耿耿於懷。偏偏松鼠不是如此，如果今天他花一整個早上在電話裡下注，結果輸了，隔天早上他還是一樣再打電話下注，然後再輸一次。所以很快的他就要跑到外頭，從某個地方搞一票銀子，於是就會有之前那樣的事情發生。你認識米齊嗎？」

「不太有印象，」那司機說：「不，我不認識名叫米齊的人。」

「米齊人還好啦，是我認識的一個傢伙。」柯根說：「我跟你說說米齊的事，他是個真正的紳士。我曾經見過米齊在一場賽馬花了一千塊下注。他年紀大約，呃，我不清楚，五十幾歲吧，以前跟迪隆一起混過很長的日子。認識米齊時，我已經在跟迪隆一起做事，米齊做得還好，不過賺的錢並沒有比別人多。他是紐約人。言歸正傳，那一把他輸了，然後呢，他又花了一千塊賭下一場。我曾經看過，他這一把輸了，下一把就下兩倍的注，然後又輸了。米齊輸了不少銀子，但這是他喜歡做的事。當賽事結束該走人的時候，你會發現沒人比米齊更適合一起結伴離開。他把錢輸光了，好吧，輸了就輸了，然後他會乖乖回家，誰都不必擔心米齊，你不會見到他再跑來賭，直到明年的賽事來臨。

「好像是去年冬天，我去了佛羅里達州，今年也打算再去，海里亞市。當然米齊也會去，他會待在當初那兩個傢伙跟蘭斯基搭上線的地方。我曾經在跑馬場看到他，問他過得怎樣。他稍稍賺了一點，就告訴我說：『你也曉得我的情況，賈奇。就算不是為了我，也要有人當輸家，否則跑馬場就沒生意做。』他認識每一個人，像騎師、賽後牽馬散步的馬夫，每一個都認識，他們全都給他建議。他說：『他們全都來給我出主意，我全都聽，也總是接受他們的建議，結果卻總是輸光了回家；反正我是個糟糕的賭馬客。你想要的話，我可以把我的爛手氣送給你。要是我得了癌症，你也可以打電話來，我還是可以分一點給你，不過你若是接受，那你準是個傻瓜。』我真的傳染到了他的壞手氣，結果我們都輸了。那晚我們出去喝酒，他生氣嗎？沒有，米齊不會生這種氣，這一點他很了不起。他說：『我輸錢可有經驗了，我在外面賭的時候，對於會發生什麼事可是清楚得很。』

「松鼠那傢伙就做不到，」柯根說：「他一輸，就是全盤皆輸，而且他輸不起，會生氣，會神經緊張，他還會到處走，打算做些別的事。但是你知道他幹的事嗎？他還在牢裡的時候，他會叫他老婆替他下注。這是我聽說的。那是冰上曲棍球的熱身賽，應該是棕熊隊吧[1]？有次奧爾[2]的一邊膝蓋受了傷，還讓奇佛斯[3]就那麼離開球場，沒有人阻止他留下，球員都只是隨便打打，沒有人在乎那些熱身賽，也沒有贏球的鬥志；但松鼠還是對賭盤下了注。他的生意做得不錯，我問過迪隆，迪隆認為那生意一年至少讓他有二、三萬的進帳，因為總是會有小伙子上門學開車，想要考駕照。但是那些收入不夠他用，他真是個驢蛋。」

「一年三萬塊還不夠用？」那司機說。

「老兄啊，」柯根說：「松鼠一年有**一千萬**也不夠用。錢一到他的手上，他就會把它輸掉。」

「噢，」那司機說：「他去玩牌還輸錢，真是太糟了。」

「那倒沒輸，他在那裡贏了錢。」柯根說：「他只去過那裡兩次，如果他夠精的話，應該常回去光顧才是。他不管去哪裡，都能對那裡觀察入微，他就是這種罕見的傢伙。那兩次跟他一起打牌的傢伙，牌技比他爛多了。他真的贏了，他去的那兩次，都贏了個千兒八百的。當然那對松鼠來說，當車資都還不夠。

「我認識的一個傢伙告訴我，」柯根說：「約翰．亞瑪多光是上週就輸了八千塊。他賭的是籃球，老是一次押很多不同的注，卻連一個也沒贏。那個朋友說：『我喜歡那傢伙。他認為你之所以會輸，並不是因為看走了眼，而是你可能根本就不該進來賭。他認為那是運氣問題，而他只是手氣背罷了。那傢伙他不賭太陽明天會升起，只因為有人報了這明牌給他。』那回他在牢裡——他才剛出獄，你知道吧？」

「他為了什麼坐牢？」那司機說。

「搶銀行，同樣一回事幹兩次。」柯根說：「他搶了同一家銀行兩次，第一次真的讓他給擺脫了嫌疑，他就又幹了一次。頭一次他躲過了，就又想幹第二次，把更多的銀子搞到手。當初他找來了一堆阿貓阿狗，送他們到他做生意的地方，然後自己走人，還跑去了巴哈馬。那些人用他的車、拿他的槍等等的，果真去幹了一票，只不過他們當然也跟他一樣笨，只搶了不到三萬塊，少拿了六萬塊。之後他回家，分到了五

---

1 Broons，波士頓棕熊隊（Boston Bruins）成立於一九二四年，是美國波士頓國家冰上曲棍球聯盟最早的六個隊伍之一。

2 Bobby Orr，加拿大人，一九六九至一九七六年間在棕熊隊擔任防守球員，是公認的最佳球員之一。

3 Gerry Cheevers，在一九六五至一九八〇年間擔任棕熊隊的守門員。

千，參與的人太多，大家平分之後，他其實虧了，因為他離開的那段期間賭輸了將近七千塊。賭場根本無法滿足他，他還蠢到打電話回家，下了幾把球賽的注——那種球賽是任何一個傻小子都懂得別碰為妙。

「所以他再次動歪腦筋，」柯根說：「那些蠢蛋又回來加入，那家銀行的人也開始在想，他們很可能會成為常客。所以大約在他們進去行搶的三分鐘後——你有沒有聽說過博士，也就是艾迪．馬提？」

「有，我還真聽說過。」那司機說。

「很好，」柯根說：「馬提是他們的同夥之一。整個來說，馬提只有一件事情錯了，但那件事是可以預料的，他應該讓松鼠幫他想好該怎麼做，因為他是天字第一號的大笨蛋。他搶了銀行，對吧？然後他開車經過學校區之類的地方。經過那邊不是要非常小心嗎？但他沒有，他車速開到快九十哩，碰上一個女警擋在那裡，招手要他停下來。**他這個蠢蛋居然真的停車**。那女警沒開巡邏車，也沒有帶槍，而他那輛車，真去查的話，就會發現那是大約三天前在普里茅斯遭竊的車。他停了車，女警問他：『駕照呢？行照呢？』馬提就在那裡胡言亂語起來，所以當然是把那位女交警嚇得屁滾尿流，然後大約八名武裝警察趕到，逮住了馬提，並在後車廂裡發現槍和贓款。馬提決定要自保，於是哇啦哇啦全招了出來。當時松鼠正要搭飛機回家，妙的是，家裡有聯邦調查局的人等著他，他一下車就收到了逮捕令，被手銬牢牢銬上。於是松鼠和他那些同夥坐了八到十年牢，但我個人認為，刑期應該要更久才對。」

「博士關多久？」那司機問。

「三到五年，」柯根說：「但他跟其他人一樣不爽。他本來以為不用坐牢的，因為他把他們全招出來了。」

「那對博士倒是個好買賣，」那司機說：「這麼說，他放出來有一陣子了。」

「三、四年前吧，我猜。」柯根說。

「他跟這件事情無關？」那司機說。

「無關。」柯根說。

「你那麼有把握？」那司機說。

「不錯，非常有把握。」柯根說。

「因為他特別要我問你這點。」那司機說。

「你可以告訴他，我非常確定。」柯根說。

「因為他完全不贊同博士所做的事。」那司機說。

「是嗎？」柯根說。

「確實如此，」那司機說：「這是他親口告訴我的，並且還要我問問你。」

「這是當然的，」柯根說：「當一個傢伙想找人來辦事，他會認為這個被找來的人，是願意加入的。你知道，那傢伙也無從確認起，你只能這麼假設。」

「我理解，」那司機說：「我只是想要知道，而他也只是要我問問。馬提曾經跟許多人做過事，所以才要問一下。」

「當然，每個人都有自己處理事情的方式。」柯根說。

「那當然。」那司機說。

「好了，除了松鼠之外，」柯根說：「還有兩個小子。其中一個曾經跟著松鼠搶銀行，這一個我有把握。另一個，我還在蒐集他的資料，但還不確定。跟我談這件事的傢伙說，他敢發誓絕對就是那個小子，但我不確定。」

「問題出在哪？」那司機說。

「問題出在跟我談話的那傢伙身上。」柯根說：「迪隆給了我幾個人名，我去見過他們，他們都沒問題，只是對這件事，他們根本一無所知。但是這個傢伙是我自己找上的，我不知道他的底細，他至少六十了，但我敢打賭他真正在道上混的時間不超過二十年，其餘時間都待在牢裡了。他每次幹了什麼事，都會被逮，他打從開始出來混的時候就不太精明，現在根本就是瘋了。總之我對這傢伙並不了解。據我所知，他是個同性戀，什麼東西都拿來往屁眼裡塞。如果派克汽車還在生產，他也會把派克汽車塞進屁眼裡。他這個人很脆弱，你無法確定他所說的事是真的發生過，還是在他被九個傢伙輪流上的時候，恍惚中所做的白日夢。我不怪他，他這個人就像一隻裝滿屎的球鞋那麼鳥，他自己也無能為力。不過你倒是可以好好想想他的話。」

「他告訴你什麼？」那司機說。

「這件事裡還有另一個小子，他認識那小子，」柯根說：「兩人是在牢裡認識的，他八成為那個小子吹過喇叭。他說那小子非常下流，但是這個可憐的傢伙很沒種，如果有狠角色要他為一隻死貓吹喇叭，他也會照做。那小子要這傢伙幫忙弄些貨，他說他能弄到那樣的貨，那種東西跟別的玩意兒混在一起，就可以拿出去賣。總之那小子要他幫忙弄到。只是這傢伙說，那小子要的這種貨是牙醫在用的，是會使人的嘴巴變冷的。」

「奴佛卡因[4]。」那司機說。

「我也一直以為是這玩意兒，」柯根說：「但不是。他告訴了我藥名，可是我記不住，總之那不重要，類似就是了。那個小子本來說需要個兩磅，而現在卻要四磅了。意思是，如果那傢伙說的沒錯，那小子的量變成了兩倍。」

4 Novocaine，是一種麻醉藥品。

「那也意味著他有了兩倍的錢來買。」那司機說。

「沒錯，」柯根說：「的確是這個意思，只不過我無法曉得那小子從哪裡弄來這些錢。我還在想辦法查，並且試著找到那個小子。我甚至還不知道他的全名。而這個傢伙，唉，真是靠不住，不管哪方面都不行，你很難相信他會老老實實的講話，也很難確定他是不是在唬你。**這種事**真的很窩囊，我不知道要不要乾脆放棄從這裡下手。

「而最前面說的那小子，我曉得他。」柯根說：「他以前跟松鼠一起幹下搶銀行那檔事而入獄，也差不多同時出獄，我聽說了這事，還設法聯絡上屈納，問這小子的事，會是他嗎？屈納說：『很有可能。』所以，我有把握就是他。我們現在要做的，就是仔細想想另外那個小子。一想到他，我就很傷腦筋。」

「我們要開始行動了嗎？」那司機說：「還是你要再等等。」

「我跟迪隆談過了，」柯根說：「我們兩個都認為：現在就開始行動。很多賭局都關了，對吧？」

「像格蘭特將軍墓園一樣，一片死寂。」那司機說。

「很多人在賠錢。」柯根說。

「很合理的推斷。」那司機說。

「那些人不喜歡賠錢。」柯根說。

「只除了泰斯塔，」那司機說：「他的場子照常開張。」

「所以我們應該動手了，」柯根說：「我和迪隆有了共識。你想一想，現在就只有一件事可做。我們現在應該幹掉闞特曼，讓事情有個開始，這樣大家就可以重回往日的正軌。」

「闞特曼？」那司機說：「為什麼把闞特曼扯進來？是你說的，這件事是亞瑪多和他朋友幹的。」

「的確，」柯根說：「闞特曼和這件事無關。據我得到的消息，加上我找人去和闞特曼談過，你說的沒錯，在追問過他之後，我知道情況的確如此。」

「你當然知道真相，」那司機說：「但你找的人有點太超過了，他們差點要了他的命。」

「我跟史提夫談的時候，還不知道有這回事。」柯根說：「在你跟我提到之前，我只從史提夫的口中得知他們對闞特曼用了點手段，而他說他真的什麼都不知道。我只知道這麼多。」

「我花了老半天才聽懂他說的話。」那司機說：「一開始他打電話來的時候，我不在，是女祕書接的，闞特曼的話她聽懂的還不到三分之一，以致我不得不回他電話，但是我也聽不懂他講的話。去他的，我連回電話都有困難，女祕書根本聽不懂他唸的電話號碼。最後我才搞清楚，原來是闞特曼打的。康格里希氣急敗壞的打電話給我，說闞特曼打電話給他，然後他將我的電話給了闞特曼。我對康格里希說：『謝了。』康格里希說：『你聽好，可不是我找那些猴崽子去修理他，如果也不是你，你應該知道是誰幹的，你好好料理這事吧。』最後我終於聯絡到了闞特曼，這才了解這傢伙為什麼話都說不清楚，因為他的顎骨被打爛了。」

「我聽說了。」柯根說。

「除了顎骨之外，他的鼻梁斷了，肋骨也斷了幾根，還被打掉三、四顆牙齒，橫隔膜也出了問題，」那司機說：「他還告訴我，他的脾臟也有麻煩。我跟他講話時，他正躺在醫院。」

「我聽說了一些，」柯根說：「據我了解，他現在出院了。」

「那想必是脾臟沒問題了。」那司機說：「但是他很不開心。」

「實在很遺憾聽到這些，」柯根說：「我們原本希望皆大歡喜的。」

「我聽了也覺得遺憾，」那司機說：「我去見他的時候，也必須這麼跟他說。」

「你想說什麼就說啊，」柯根說：「畢竟你是他的律師。」

「闞特曼怪罪他，」那司機說：「我當然什麼也沒跟闞特曼說，但你我都很清楚，沒人授權你做到那種地步。」

「你也知道那些傢伙是怎麼回事，」柯根說：「他們一旦到外頭辦點事，就會變得很興奮。我發現時，便打電話問史提夫。他說巴利，呃，巴利是個打鐵工人，你知道吧？他是個很凶悍的傢伙。老天，他們全都隨身帶著傢伙，老是對什麼不爽，就出手打架之類的。巴利很強壯，所以我才找他。史提夫說，呃，事情進行到一半時，顯然都還順利，可是巴利……巴利很疼他老婆，你不能對這傢伙說他老婆閒話的。我是不知道她老婆是怎樣的人，像天使之類的吧，至少巴利這麼說。總之，事情在進行當中，史提夫說，巴利突然認為闕特曼幹了他老婆。她本來跟她母親住在一起，事情發生在巴利去緬因州出了事的時候。我不知道事情是怎麼開始的，史提夫也不清楚，但是巴利的腦袋冒出這個想法，認為闕特曼幹了他老婆，於是闕特曼就被打斷了顎骨和肋骨。巴利還踹了他。史提夫告訴我：『我也想發點牢騷。那時我站得太近，那混蛋把髒東西吐在我褲子上。』我回他說，你去死吧。」

「我應該告訴他這個狀況嗎？」那司機說：「我傳話給你的時候，說得很明確，是他要我這麼做。你對闕特曼推推撞撞是可以，但不能傷他傷得太重。我告訴過你，他不希望闕特曼吃大虧。」

「噢，少來了，」柯根說：「你當然希望教訓他。」

「好吧。」那司機說。

「你們這些傢伙都是這樣，」柯根說：「我清楚得很。你們這些傢伙，連蛋都不會打，只希望事情能處理好。你們只知道自己要什麼，然後讓別人去做，等自己想要的到手之後，卻總是愛放馬後炮，說你們並不希望任何人那麼做。別再講這些屁話了，行嗎？道上的人都知道史提夫是什麼角色，知道他和巴利是幹什麼的。他媽的，我是說，這兩兄弟是你隨時都能找來的幫手。當狐狸吉米整個人開始變得神經兮兮，而我有三百個生意的據點，卻沒有工作可以給這個義大利小子，他就開始四處抱怨。我一聽，立刻把四十個地方轉交給史提夫負責，就像這樣，大家都知道史提夫是什麼人，知道他是專門幹什麼的。他不會問你這是怎麼回事，卻是你隨時能找到的好幫手，是大家需要的那種人。」

「問題是，」那司機說：「他並沒有同意那麼做。」

「他同意的，」柯根說：「我告訴你我要找誰來做，他聽了之後，一定跟我一樣清楚：史提夫要出馬做他認為你要他做的事了。你告訴史提夫你想要什麼，他會聽你的，然後出馬去做他認為你要他做的事。你對我說的並不重要，而且他是同意的，是他要你打電話給迪隆，然後要你來見我。所以，現在別再廢話，反正也沒差了，我們要幹掉闕特曼，這點他也知道。」

「這我就不懂了，」那司機說：「我還以為你相信他。」

「老兄啊，我當然相信他。」柯根說：「只是那並沒有什麼差別。以前闞特曼幹過同樣的事，對吧？而且闞特曼說了謊，闞特曼灌了他迷湯。」

「是沒錯。」那司機說。

「而這一次，」柯根說：「這一次闞特曼沒再灌人迷湯了。」

「因為他被揍了，」那司機說：「被揍得很慘。」

「但是這一次我們也**弄清楚了**，」柯根說：「上一次我們自以為弄清楚了，其實沒有，但這一次是弄清楚了。」

「沒錯。」那司機說。

「現在，」柯根說：「那些上門去玩牌的傢伙，他們可沒弄清楚。好吧，他們有弄清楚，但他們只看出，闞特曼得到特許，他獲准可以那麼做，而別人都不敢廢話。所以到頭來還是同一回事。你認為他們會怎麼做？你認為他們還會上門去玩牌嗎？

「你甚至不用理會這些人，」柯根說：「但是道上的人呢？你認為他們會怎麼想？」

「我不清楚。」那司機說。

「他們會想，」柯根說：「闞特曼這傢伙，以前幹過一次，現在又幹了，而且他對以前那件事撒了謊，卻沒有人出來教訓他。現在他再次幹了同樣的事，結果只被揍了一頓。」

「他有可能沒命。」那司機說。

「誰教他惹人注目，」柯根說：「而且這次是第二次，他們會想：他又故技重施了。你幹了一次，結果沒被逮到，那很好。但是你又幹了第二次，終於被痛扁了一頓。」

「如果他們是這麼想的……」那司機說。

「大律師，」柯根說：「你相信我吧，他們就是這麼想的。」

「喔，」那司機說：「但問題還在，他真的什麼都沒做。」

「那是他該揹的黑鍋。」柯根說：「他以前幹過，而且撒謊，愚弄了所有的人，這我跟迪隆談過，我說：『他們以前就應該把他幹掉。』迪隆也同意我的看法。現在又發生了同樣的事，這就是他該負的責任，他要對別人會怎麼想負責。道上的人認為是他幹的，除了他沒有別人，這次被搶了五萬還是五萬二。無論多少，他都搞了那麼多銀子，他分了一些出去，那沒問題，問題是他上次也搞了同樣一票。現在他們打爛了他的顎骨，傷他傷得不輕，那兩個小子要他付出代價，他卻置身事外。他上次可是從那些信任他的人身上榨了大約八萬塊，卻還到處晃來晃去，而且大家都知道是他幹了那一票。」

「他並沒有這麼做，」那司機說：「總之，這一次他沒有。」

「大家的認知可不是如此。」柯根說：「有很多傢伙如果捅了那樣的紕漏又**被逮住**，他們的嘴可是會被鐵絲給縫起來，一整年都只能喝奶昔度日。我們還會看到一堆小子排隊等著將他們揍個半死，看看他們還能不能開張嘴巴。你知道外面有多少人因為這件事情而氣炸了？如果他惹出這件事還能夠拍拍屁股全身而退，那我們乾脆把所有事情都忘掉，全部歇業算了。」

「我還是不清楚，」那司機說：「你站在大眾的角度看這件事，這我了解，我也不是爭論你所謂的其他人的部分。但是，如果我向他提出，當一個人並沒有做出大家認定有做的事，不知道他會怎麼想。」

「你告訴他，」柯根說：「問問他，去那些場子打牌的人是打哪來的？他們並不是道上的人，闕特曼被揍了，他們才不在乎，問題是他們根本不會再光顧那些場子了。闕特曼以前幹過這種事，現在又幹了一次。闕特曼已經完了，再也不能做任何事，除了玩女人。他玩女人倒是很行。除此之外，他也不能再為我們做任何事了，幹掉他對我們一點損失也沒有。

「你也把道上的情況告訴他吧，」柯根說：「那些人的想法也一樣，他們會照他們自己心裡所想的去做，然後沒有一個場子是安全的。他被揍得很慘，那有什麼大不了。你砸了個場子，搞到很多錢，而他們**最壞**也不過只是把你毒打一頓。如此一來，道上的那些小子就會開始自己結夥逞兇，結果我們就會什麼也得不到，只看見一堆傢伙到處跑來跑去，砸場子砸得比條子還狠。再過一陣子之後，所有的場子全都完了，什麼生意都做不成。『你想去打牌嗎？省省吧。有人會闖進去，叫你手舉起來，把身上的錢丟在床上，然後你就提早回家，老婆看到會很高興，而你也不會再冒這個險，省得挨上一槍。』以後不會再有人到場子去了，沒有第二種情況。

「大律師，」柯根說：「你去找那個人好好談談，說闞特曼這個人必須做掉，他一定會立刻同意我。試試看吧。你不想？那些錢就算了吧。但他是真的犯了大錯。」

「那是很久以前，」那司機說：「他犯錯是在很久以前。」

「他犯了兩個錯，」柯根說：「因為有了第一個錯，然後才有了第二個，事情就是如此。整個來說就兩個錯，你去告訴那個人。」

「假設他同意你，」那司機說：「你有辦法除掉闞特曼嗎？」

「我可以。」柯根說。

「那麼亞瑪多呢？」那司機說：「對我來說，他似乎是頭一個該考慮的。」

「他當然是，」柯根說：「但還不到時候，等我們解決了闞特曼再說。先做了這件事，對付他就容易多了。但那是遲早的事，沒錯。」

「你能處理？」那司機說。

「馬上的話，也許不行。」柯根說：「目前的情況還不行。」

「由誰來動手？」那司機說：「他當然認識不少人，但他總想知道跟我對談的傢伙建議由誰來做。」

「我在考慮幾件事，」柯根說：「至於這件事，我必須好好想想，才能夠確定。也許，也許我們需要找米齊出馬。」

「他在做這種事？」那司機說。

「我們現在先考慮闕特曼的事，」柯根說：「稍後再來考慮由誰來做。但是你放心吧，米齊做這種事做了很久，他是個高手。」

9

「這輛車真他媽漂亮！」羅素坐在那輛GTO的後車廂上，法蘭基斜靠著一根停車計費器看著他那輛停在波士頓劍橋街「雞塊盒餐」店門口的車。

「老天，我們是在半夜出發的，」羅素說：「我跟他說：『幫幫忙好不好，肯尼，我們遲早要在白天趕路，車上載了那麼多狗，不可能找地方停下來，所以我們為什麼要選該在床上睡覺的時候出發？』

「他對我說：『聽好了，我們必須這麼做，天亮之前至少得開上澤西派克公路。這附近該死的條子太多，他們已經聽說很多狗不見了。有些傢伙特別關心狗，可能會跟上來攔下我們，問車上為什麼有那麼多狗。』可是別地方的條子，他們可沒聽說過狗失蹤的事，也不會有人告訴他們。他還說：『做這事我有經驗，開頭這段路最重要，所以我們要在黑夜出發。』

「之後他就來了，」羅素說：「你知道嗎，我根本睡不著，他卻告訴我：『你下午去睡個六、七個鐘頭，你可以的。我們這趟路有一千六百哩，上一回花了我將近三天，所以先睡點覺真的有幫助，因為車上有那麼多狗要照料。』

「那好吧，」羅素說：「我就試著睡它一覺，醒了起來，就吃飯，發呆一會兒，把那些死狗**放出來**，再把狗**關回去**，然後餵狗。這就是他交代的另一件事，他說：『你之前都什麼時候餵狗？晚上，對吧？』我跟他說，是的，在我外出之前，我會用馬肉跟一大堆飼料，好好餵牠們一頓，讓牠們安安分分的。他說：『你明天改成中午餵狗，中午或晚上對那些狗沒差，我要牠們好好拉個屎，然後再把牠們弄上車；還有，我要你餵牠們吃某種東西，行嗎？』

「我以為他是指苯巴比妥，」羅素說：「老天，那玩意兒我有一大堆，可以迷昏半個城的人，讓他們什麼都做不了。不是，不是苯巴比妥，因為在把牠們弄上車之前餵那個，牠們全都會開始昏昏入睡。所以他老兄弄了礦油來，他媽的整整有四加侖。

「他說：『你把這個倒進牠們吃的東西裡，全都倒進去。你有番茄湯嗎？去買個二十罐番茄湯來，摻進去加熱，懂嗎？就像你煮來給自己喝的那樣。』我說，我不那樣喝，因為湯裡沒加米飯。我說：『肯尼，牢裡頭的番茄湯都有米飯，我也該加些米吧？』他什麼都不懂——那傢伙沒坐過牢，一點幽默感都沒有，什麼都不懂。」

「他應該要懂的。」法蘭基說。

「只有非常少數的人會懂。」羅素說：「然後他說：『你聽好，把番茄湯加熱，然後把礦油倒進去，再倒進牠們吃的食物裡，牠們就會像中了獎似的狼吞虎嚥，不這麼做牠們根本不會吃礦油。然後我敢保證，那些死狗很快就會拉屎，而且那些屎會像蠟融了一樣的流出來。』

「那些狗啊，」羅素說：「你知道嗎，我原本想到的，就是牠們會像人得了痢疾那樣，洩得稀里嘩啦。但是牠們沒有，牠們不像人的反應那樣。在那之前，牠們並不知道自己會發生什麼事。所以呢，當我把食物倒下去，牠們幾乎是彼此踐踏，搶著去吃，然後我把牠們放出去。很快的，牠們就開始皺起眉頭，全部愁眉苦臉，然後一隻隻蹲下來拉屎。老天，你在春田市就可以聞到我們後院的臭味，整片草地都在冒煙，好像著了火似的。這時我老媽回到家——她是自己住在一條街之外。她一看到就開始數落我：『你哪弄來這麼多狗？牠們會惹來衛生局的人上門。』我說：『是啦，媽，妳知道妳做了什麼嗎？妳傷了我的心。妳應該待在妳住的地方，不該來這裡。』我是她的獨生子，我坐牢的時候，她就來這裡住，以便探望我。你知道她到牢裡探望我幾次？三次，我坐了快三年的牢，她一共只探望我三次。有一次她帶了一盒什麼狗屁蛋糕給我，他們還不讓她送進來。我說：『媽，妳不能把銼刀藏在裡面。我本來要告訴妳，他們在門口裝了金屬探測器，可以檢查出銼刀。』但是她說：『蛋糕裡什麼都沒有。』我對她說，妳真是個好媽媽。不過我這次還是告訴她：『媽，妳傷了我的心。就因為這樣，我要把我的狗全部帶走，今天晚上就走。但我只是帶走牠們，我不會清理這裡。如果我是妳，我會把垃圾帶出去，而且走在草地上時會很小心下腳的位置。』她看著我說：『看來我對你的想法並沒有錯，幫我個忙，出去就別回來了。』我對她說：『我會像我老頭那樣，再也不回來了。』

「我接下來要做的，」羅素說：「就是把苯巴比妥餵給那些狗吃。肯尼告訴我說：『這有個竅門，你要停個五小時不給牠們水喝，因為牠們吞了礦油之後就會狂喝水，然後我們就會被他媽的狗尿給**淹死**。麻煩在於，上一次我們大約每隻都餵了五粒苯巴比妥，然後才不給牠們水喝，因為再之前那次餵的藥不夠多，所以上次我們真的餵了不少，結果牠們上了車之後的確好好睡了個覺，但接下來就他媽的一片混亂。所以上一次是給牠們吃了太多苯巴比妥，牠們全都吃得頭昏眼花，導致我們帶牠們去找買主時，連半毛錢都沒賺到，因為那些狗全都病了。所以我不想再發生那樣的狗屁狀況，但是我也不想讓那些狗一路上作怪，不想到了那裡之後，讓牠們鬧出事來。所以小隻一點的狗就餵個半粒，太活蹦亂跳的才給一整粒；再大一點的狗給牠兩粒，如果還是很活躍，那就再餵一次。接著讓他們喝點水，再把水拿開。餵的方法是將麵包捏成糰，把藥塞在裡頭，在十一點左右餵牠們吃，應該就行得通。』

「我跟他說，」羅素說：「『肯尼，我想我應該要睡個一整天，但是那些狗有那麼多事要做，我怎麼睡？』他對我說：『那你也吃一粒狗吃的藥。』我再問他，是他要靠這些狗賺錢，為什麼事情都是我在做？他說：『呃，我得去辦點事情。』

「這傢伙比松鼠還會占人便宜，」羅素說：「晚上十二點左右他來了，又抓來三條狗。我一整天忙得要死，把狗都照料好了，肯尼居然又抓來更多狗。我說：『拜託，肯尼，那等於是你抓的加上我抓的，一共十六隻狗。』——我們已經賣了三隻狗給北城的那個人，是獅子狗，我們有三隻獅子狗，那人每隻花一塊半來買，價錢還不錯。肯尼弄來一輛凱迪拉克，把後座拆掉，鋪上很多舊毛毯。『我們不能把十六隻狗全擠在那裡，牠們會咬死對方的。』

「但是他卻說：『那些狗也有小的。』他有兩隻西班牙獵狗和一隻鋼毛狗。『裝得進去，沒問題。』所以我們就把狗弄上車，我把狗全迷昏了，他負責抓前腳，我負責抓後腳。我們一面弄，我老媽一面在窗邊看，最後終於把狗全都弄上車了，一隻堆著一隻。我上車時，我老媽打開窗戶說：『全部都放上車了？』我說沒錯。她說：『很好，記住我說的話。』很好，現在我終於比較了解我老頭的感受了。然後我老媽『砰』的一聲關上窗戶。」

「你的情況還是比我好，」法蘭基說：「坐牢的時候，我老媽啊，她有一陣子每星期都來看我。他媽的每個星期，我呢，星期天的頭一件事，就是必須去望彌撒。做彌撒的那個混蛋，每個星期他都要講聖狄思瑪斯[1]。喔！我的老天。有幾個星期他談到打手槍，那還真是有趣，但是他沒有談到吹喇叭的事。然後你知道嗎，彌撒後大家都要一起聚餐，照理說飯菜應該很好才對，但就是難吃死了。看過蘿蔔吧？我那時看到一條蘿蔔，就把那東西向一個傢伙扔過去，好死不死砸中我那個滿頭灰髮的老媽，弄得我媽外套上一塌糊塗，看起來就像腦袋被揍過了一樣。然後我就必須乖乖坐下來接受教訓。『我為你祈禱，法蘭基。』『我為你去做了九天的祈禱式，法蘭基。』『我希望你獲得假釋，法蘭基。』『在我的心裡你還是個好孩子，法蘭基。』『法蘭基，你必須改過向善。』然後她說要留下來陪我。乖乖，一直以來她都沒有這麼做，每次來看我，待五分鐘就走了。不行，她不能留下。有一週她病了，換珊蒂來看我，她問我：『有什麼我可以為你做的嗎，法蘭基？』當然有，幫我把老媽綁在床上，拜託，別再讓她來了。珊蒂說：『她不是有意的，而且她有罪惡感，她說她不知道自己到底少做了什麼。』我回答她：『她沒告訴我博士是個混蛋，那就是她沒做的。告訴她，如果再生孩子，要教他做事情先計畫好，不能找個大嘴巴的混蛋加入，會把事情都搞砸的。』珊蒂看著我，說：『你要我告訴她，你不希望她再來看你？』我當然是這個意

1 St. Dismas，耶穌被釘十字架時，祂的左右兩邊另有兩名強盜也被釘十字架，其中一名認罪悔改，並祈求耶穌記得他，得到赦罪的那個就是狄思瑪斯。

思。所以珊蒂回去照我的話說了，到了下個星期我媽又來，你應該看看她的樣子，就好像她被人拖出去狠狠揍了一頓似的，她說：『**法蘭基**，珊蒂說你不要你母親再來看你了。』然後她就哭了起來，惹得大家都在看我，其中有一半是警察，他們會去向假釋官告狀，說：『這傢伙對他媽很不好，她來探視他，他卻一點都不感激。』噢，老天，要是那樣可就糟了。所以，我能怎麼做？我告訴她說，媽，妳照樣來好了，我只是嘴上說說。然後她又做了連續九天的祈禱式、拜苦路、誦念玫瑰經，她還跑去教會，為我做一大堆的事。我的老天，我對她說：『媽，我又沒有殘廢。』她說：『你的靈魂是殘廢了。』天哪，真虧我沒有撞破會客室的玻璃窗朝她一拳打過去。」

「他們都不懂，」羅素說：「他們沒有一個人懂。他們只知道，你被關在牢裡，出不去了——他們只知道這個。他們根本不懂你的想法。」

「我希望他們能懂，」法蘭基說：「不然跟他們相處真是活受罪。但願我知道這是怎麼回事，一個人去坐牢了，家人認為那還不夠糟，還要把情況弄得更糟。我若再去坐牢，老天，一定不會讓任何人知道。我不知道我還會不會坐牢，但我真的受不了家人來探望。真他媽的狗屎。」

「我可不想再坐牢了，」羅素說：「我絕對不幹。」

「你下定決心了，嗯？」法蘭基說。

「我在盡一切努力。」羅素說。

「但你現在做的事，會讓你再去坐牢。」法蘭基說。

「才不會。」羅素說。

「真的，」法蘭基說：「你會因為偷狗再被丟回牢裡。」

「到目前為止不會，」羅素說：「以後也不可能。你知道嗎？如果再讓我看到一隻狗，我就會騎摩托車翹獨輪把牠輾過去，絕不騙你。狗啊，都很笨。你可以讓狗洩肚子，用藥把牠迷昏，等牠隔天醒來，走路還搖搖晃晃的，偏偏牠還是會肚子餓。要對付一隻狗，讓牠乖乖聽你的，只要等牠餓了，再去餵牠，牠就會當你是他媽的上帝，唯獨那隻黑色混蛋例外。」

「那隻牧羊犬讓你吃癟了？」法蘭基說。

「那隻狗啊，」羅素說：「真該記住，牠是我目前見過最特別的一隻。第二天醒來牠一看到我，就從喉嚨裡發出呃嚕嚕嚕的聲音，很凶。所以我隔了一天再去看牠，把牠餓個夠，牠就會自己靠過來了。我足足將那隻混蛋餓了**四天**，真要命，都瘦到皮包骨了。你知道我去看牠時，牠怎麼反應嗎？還是呃嚕嚕的聲音，我真想再拿棍子插牠喉嚨。但牠沒有來追咬我，看到了嗎？那就證明，這隻黑色混蛋可不笨，牠記得那根棍子，不打算跟我鬥，而牠就是要想盡辦法讓我日子難過。所以，我不得不餵牠，我總不能賣一隻長了毛的皮包骨吧，拜託。

「而現在，」羅素說：「現在牠可逮著我了，而且牠很清楚這回事。當我試著要牠出來，牠就縮著不動，我差點要把牠扔出車庫；好不容易等牠出來之後，我又沒法要牠回去，而且牠一直對我吠。那隻混蛋，我們在前往佛羅里達州的路上，在馬里蘭州遇到他媽的暴風雨，有一艘駁船撞壞了橋，我們要是不繞路，就得穿過那裡的隧道，其他車輛都走隧道，可是肯尼說：『我們繞路過去。』我還以為我跟我叔叔在一起時見識過暴風雨，這點麻煩不算什麼，但是老天，那些狗卻不斷放屁拉屎拉尿，什麼都來，我們又不能搖下車窗，我們不想被悶死，但也不能被水淹死，真是糟透了。我還以為賣狗是個容易的賺錢方法，又不危險。這個看法是對，但只對了一半。我本來以為那隻黑色混蛋可以賣個兩千萬什麼的，結果你猜賣了多少？只賣了七十五塊，而且那還算我走運。我們賣狗給人家，買的人花錢買下就是了，對吧？之後只要曉得照顧就是了。偏偏碰到一個瘦巴巴的買主，什麼話都不講。我們去他那裡，在可可海灘附近，是個鳥不生蛋的舊農場。我們花了半個小時抵達，終於又可以呼吸了，這一路上簡直像是跟那些狗相處了有十年之久。談價錢的時候，我突然發現，話都是他老婆在講。她說：『這隻狗看起來像是被車輾過的。』她一直不斷的講，當老公的卻不開口。『這隻是病了還是怎樣？先生，我們這裡不要生病的狗，如果要買，這隻的價錢不能超過二十塊。』

「於是我就跟她討價還價，」羅素說：「她說那隻黑的她打算出五十塊。我說：『拜託，這隻有血統證明，是一隻高貴的狗，純種的，非常的優秀，五十塊太少。』

「『先生，你沒有牠的血統證明。』」羅素說：「她說：『現在牠只是一隻普通的狗，我還得想想怎麼賣給別人，那就是說，在還沒有賣出去之前，我還得照顧牠，供牠吃，供牠住，這時間恐怕要很久。我不想要這隻狗，根本不想要，你要帶回去嗎？因為你若不滿意這個價錢，你大可以帶牠回去，我賣給別人還挺麻煩的，牠的樣子很凶惡，別人也會這樣覺得。』

「她老公還是沒說話，」羅素說：「而她真的刺中我要害了，我可不想把這隻狗留在身邊，只想跟牠說『再見』，再也不要見到牠了。這一趟來佛羅里達，牠一路上緊盯著我的後腦勺，只要有一丁點機會，牠就會把我給啃了。她說的沒錯，牠很凶，可是牠當場的表現卻不凶，牠在她老公面前坐下，把爪子伸過去給他。那傢伙揉牠的耳朵時，那隻賤狗居然望著他咧嘴而笑。那隻賤狗肯定在想，自從之前那個傻瓜買下牠來保護那些錢幣之後，牠現在又有了家。然後那傢伙站了起來，那隻賤狗也跟著站了起來，還把前腳搭在他肩上，開始舔他的臉。『太太，妳看看，』我說：『牠是隻凶惡的狗嗎？妳想別人會認為牠很凶惡嗎？讓他們看看牠現在的樣子吧。』

「『先生，』她說：『他就是那個樣子，狗一看到他就是那副模樣。不管什麼狗來到這裡都變成那樣，所以他才要養狗，由我來講價錢。就五十塊。』

「這時他老公好像是醒了還是怎的，」羅素說：「他看向我們，那隻牧羊犬還在舔他，天哪，他終於讓那隻狗的舌頭離開他的嘴，說：『給他七十五塊吧，愛媚達。』

「『那就七十五塊，』她說，」羅素說：「『好了，』她過了大約三個小時才又說：『價錢就這麼說定吧，還是你要等到他喜歡上別隻狗，然後又跟我討價還價？如果那樣的話，你現在就走吧，並且把別的狗一起帶走。』」羅素說：「我希望那女人去見見我老媽，她們相處起來一定很精采。」

「但是，你接下來的事都處理好了？」法蘭基說。

「沒錯，」羅素說：「我跟肯尼去了奧蘭多，把那輛該死的車燒掉。他媽的肯尼差一點弄死自己了，那是在一個柳丁樹叢裡，從公路岔出去，然後有一條小小的泥土路，就在那裡。那天是肯尼開的車，下了車後，他拿出一塊布條，垂進油箱，浸濕了汽油，再把布條抽出來，放在擋泥板上，然後點火，那輛車就他媽的爆炸了。可是，你知道嗎，他讓那輛車發動著，爆炸的威力從後方衝擊到他，不過，他也真夠嗆，撲倒後又立刻爬起來。『好啦，』他說：『我又搞砸了一件事。我遲早還要再幹一次，要去找個知道自己在幹什麼的傢伙。』我的老天，肯尼的眉毛都燒了，頭髮也沒剩下幾根。」

「那是什麼車，」法蘭基說：「酷嗎？」

「一點也不，」羅素說：「那輛是肯尼的車。但是那輛車有什麼好的，整整兩天裡面載滿了狗，臭死了，車子就像掉進了糞坑一樣。肯尼這輛車掛在他妹妹名下，在我們預計抵達她那裡的那天，她報了警，說車被偷了。然後我們在星期三離開，機場的那些混蛋看到我和肯尼時，他媽的，你該看看他們是怎麼搜身的，他們的眼睛好像要從腦袋裡蹦出來，光是金屬探測門我們就走了四趟。那裡還有個傢伙，我猜是個菜鳥，他非要將我們從頭搜到腳不可，我想那天接下來的時間他們會放他假。肯尼對他們說：『你們終於肯讓我們上飛機了，是吧？』其中一個傢伙說：『先生，如果你們身上沒有武器，就可以搭機。只不過你們可能要坐在行李艙，但是別擔心。』沒有旅客肯坐在我們身邊，我們必須坐在最後頭，然後有個空姐，每次不得已來到我們附近時，表情就像這輩子從來沒見過我們這種人似的。『你們兩位是直飛波士頓嗎？』她說：『要不要考慮在華盛頓或哪裡下飛機？』肯尼上了她的當，說：『這玩意兒會在華盛頓停？我還沒去過華盛頓哩。』你知道，我們才不會去哪裡，然後那空姐說：『本班機不停靠華盛頓，不過你們想在那裡下飛機的話，我會盡力跟機長套交情，相信他一定會答應的。』」羅素說：「還有，在從紐約回這兒的巴士上，有個傢伙……我是搭巴士回來的，我可不想被查行李。我猜那傢伙是希望我坐在車外。反正，等我終於回到這裡的時候，已經他媽的累攤了，我這輩子還沒有這麼累過。」

「你看起來像被整垮了。」法蘭基說。

「可不是，」羅素說：「而且糟糕的是，我大約有一個星期沒睡了，你知道嗎？但是我昨晚其實不該睡的，只不過我必須睡一下，否則就會累倒了。我應該要馬不停蹄的直到把這件事處理完為止。我今天早上本來想去找那個手上有其他貨的傢伙，但是我聯絡不上他。」

「你還沒有把那東西扔掉？」法蘭基說。

「扔掉？天啊，不行！」羅素說：「我都還沒有撈它一票呢。我可能要等今晚見了他、談過之後，才能去搬貨。我知道貨在哪裡，可以弄到手，只是現在還沒有。」

「在巴士總站那裡。」法蘭基說。

「別擔心，」羅素說：「我知道在哪裡。」

「你真是個驢蛋，」法蘭基說：「知道嗎，你是個驢蛋？居然去冒那樣的險，他們若是抓了你，不會是因為那些貨，而是因為你這傢伙瘋了。」

「等我弄到了錢再跟我談這個。」羅素說。

「羅素，」法蘭基說：「這整個城市都在鬧缺貨，已經鬧了三、四週。現在拿槍去搶藥房的人數是前所未見的多。緊接著，金手指也被逮了，這星期他們又把三個運貨的傢伙送進牢裡。老天，話才剛傳出去，說某個人那裡有貨，大家就立刻瘋了。現在整個城裡的風聲緊得很，比聯邦調查局裡面的氣氛還緊張，真是見鬼了。放手吧，羅素，讓別人去坐那一百年的牢，他們會逮住他的。」

「等我幹了這票再說，」羅素說：「喏，我在這上面花了一萬二，對吧？我二話不說就把錢給了一個傢伙，不去幹這票，那我吃什麼？以目前的市價來算，我估計最多賣到一萬五、六，如果我大膽一點，把這批貨分成兩批賣給兩個人，經過這麼一轉手，還能撈個二萬五。」

「太愚蠢了，」法蘭基說：「他媽的太蠢了。那樣是一年牢飯一千塊。」

「呃，」羅素說：「我不需要任何東西來證明我很蠢，你們都知道這點，你和松鼠，至少松鼠知道。也許你還是認為我們之前幹的那一票很聰明，其實你跟我一樣笨。你不過是晃過來，跟我要些把戲，認為我都在做一些蠢事。但問題是，我跟你不同，等這件事情結束後，我再也不會為了別人去幹蠢事。我要為自己幹蠢事，也許會被抓，也沒關係，至少是為自己幹的。也就是說，全部的錢我都要自己留著，一毛錢也不必給松鼠，他若要自以為聰明，覺得我很蠢，那是他家的事。」

「那件事做得很漂亮。」法蘭基說。

「是沒錯，」羅素說：「他媽的手到擒來。當然我們也成了各路人馬追殺的目標，不過確實幹得很漂亮。但是你跟我，對於漂亮的想法也不盡相同。」

「你他媽的在說什麼啊？」法蘭基說。

「你、我和松鼠，我們都會成為追殺的目標。」羅素說：「我待在這裡太久了，我不打算繼續這麼做，免得跟你們一樣翹辮子。我打算到蒙特婁去，我認識一個傢伙在那裡有些差事，我打算去那裡。還有我告訴你吧，就算我在那裡沒有熟人，我也還是要走。」

「為什麼？」法蘭基說。

「別再裝傻了，法蘭克，」羅素說：「為的就是闕特曼的那個賭局，你是怎麼回事？」

「**你**他媽的才是怎麼回事？」法蘭基說：「這件事你也有分。你這些說法是哪裡聽來的？嗑藥嗑過頭了還是怎的？」

「法蘭克，」羅素說：「我可以加油添醋，也可以一個字都不提。我們成了被鎖定的目標，這是跑不掉的。」

「沒人知道是我們幹的。」法蘭基說。

「我認為他們知道。」羅素說。

「他們相信了傳言。」法蘭基說。

「那很好，」羅素說：「你繼續相信這個想法吧，當他們一步一步找上你時，這個想法會讓你心裡好過些。當他找上你，問你事情是誰幹的，你自己去說吧，恕我無法奉陪。你可以告訴他們我去了哪裡，也告訴他們有事時我會回來。但是我比較希望當他們第一發失誤時，我至少還有機會反擊。」

「羅素，」法蘭基說：「闞特曼差一點掛了，他們打他打得很慘，這件事你還不曉得吧？」

「狗屎，」羅素說：「我當然曉得，肯尼告訴我的。」

「肯尼，」法蘭基說：「就是我們剛才一直講的肯尼．吉爾，對吧？」

「沒錯，」羅素說：「是肯尼跟我說的，呃，他沒有告訴我那個人的名字，但一定是闞特曼。當我們一邊把那些賤狗抬上車，也一邊在說話；前往佛羅里達的路上碰到下大雨，我們也不時在聊。我跟他說：『你知道，這事真是爛透了，搞半天才賺這麼點，實在有夠鳥。我原以為是輕輕鬆鬆，卻沒想到那麼難辦。』

「『唉，』他說：『一個人能做的事並不多。』然後他告訴我，有一個傢伙在某個地方開牌局。但是，肯尼連那個人叫什麼都不知道。」

「胡扯。」法蘭基說。

「不是胡扯，」羅素說：「他真的不曉得那傢伙的名字。」

「肯尼．吉爾是替迪隆跑腿的。」法蘭基說。

「那又怎樣？」羅素說。

「肯尼知道的事，都是從迪隆那裡聽來的，」法蘭基說：「他這個人笨到不會自己判斷事情。如果肯尼知道有誰在搞賭博抽頭，那迪隆一定知道，他會告訴肯尼，一定有他的道理。沒有人會跟肯尼說任何事，除非他們想透過他達到某種目的。」

「的確如此，」羅素說：「肯尼自己也這麼說。他說有位老兄認識一對兄弟，要那對兄弟去找一個搞賭博抽頭的人，給那傢伙一點顏色瞧瞧。他說的想必就是闕特曼，因為闕特曼搶了自己的賭博場子，他們這次要給他點教訓。而那兩兄弟，肯尼認識他們，他們問他要不要一起去，可以分他一點錢，但他要跟我一起去賣狗，無法加入他們，事情就是如此。肯尼說：『我放棄那件差事，因為那沒什麼賺頭，又很危險。我打賭他們拿到的錢不會超過兩百塊，但是那需要冒什麼險，你知道嗎？你拿了他媽的一百塊能做什麼，什麼也不能做。』他是這麼說的。」

「是嗎，」法蘭基說：「那你說了什麼，因為迪隆之前並不清楚這整件事。」

「我可沒說什麼。」羅素說。

「你他媽的騙人。」法蘭基說。

「我什麼狗屁也沒說，」羅素說：「他老兄告訴我什麼，我就聽。如果不是預先知道一些事，我才不會知道挨揍的是闕特曼。他老兄告訴我他們去揍了一個傢伙，據他們了解，那傢伙曾經幹過這種事——你以為我會說出什麼？他們只是揍了他一頓？他們只打算那樣對付他而已嗎？沒有，我什麼也沒說。狗屎，我所能想到的就是什麼話也別說，並且在他們發現我之前，趕快離開這裡。」

「你最好不要，」法蘭基說：「約翰若是知道，一定會氣瘋了。」

「噢，」羅素說：「那就他媽的太好了，我居然讓松鼠氣瘋了。那我大概會被罰沒晚餐吃，餓肚子上床睡覺。叫他去死吧。」

10

「你認為他說出去了？」亞瑪多說。

「約翰，」法蘭基說：「我**知道**他說了。他跟肯尼在那車上待了三天，一路上馬不停蹄。他一定把肚子裡的東西全抖了出來。我了解那傢伙，卻沒料到他膽敢這麼做。那是唯一可能發生的情況，他不過是試著警告我罷了。他了解那麼做的嚴重性，於是試著告訴我，我他媽的要倒大霉了，你跟我都一樣。」

「他也一樣。」亞瑪多說。

「去了蒙特婁就不會，」法蘭基說：「在蒙特婁，他乾淨得很。」

「你知道，他們在蒙特婁也有人。」亞瑪多說。

「我知道，」法蘭基說：「你也知道，但顯然他不曉得，那也沒有差。他只是想，我們在這裡才會大禍臨頭，那件事證明了這點，他認為自己會倒大霉，因為他跟那個替迪隆跑腿的傢伙講了太多，所以才會這麼想。肯尼一定說了些什麼，讓他自己也害怕了。那就是為什麼他想落跑的原因。」

「是你找他來的，」亞瑪多說：「我問了你一堆關於他的事，記得吧？是你說他沒問題，還記不記得？」

「是我錯了，」法蘭基說：「我他媽的怎麼知道會發生這種事？他以前口風很緊的，你不管怎麼對付他，休想讓他說出任何事。我以為這件事他既然做了，就會到此為止，哪知道他會向肯尼．吉爾招認？」

「你曾經告訴我一堆博士搞的爛事，」亞瑪多說：「讓他參一腳全是我的錯。」

「那的確是你的錯，」法蘭基說：「我因為你的錯，才坐了那麼久的牢。現在我希望的，就是不要因為這個錯而翹辮子。告訴你，我們這樣算是扯平了，對吧？你要罵我就儘管罵吧。我認了，我不知道他是個大嘴巴，但是他畢竟是我帶來的。好吧，我們現在該怎麼辦？我不知道那傢伙會開這個口，還成了特大號的傳聲筒，『我沒有浪費時間，為那十萬塊而砸了那傢伙的場子。』我本來以為他很聰明，現在看來，根本就不是，他為了保命，把所有的麻煩全扔到我們頭上，幹他媽的。」

「吉爾那小子的事，你有把握？」亞瑪多說。

「我對他的事，比對他媽的上帝的事還有把握。」法蘭基說：「你看過動物園裡的猩猩嗎？肯尼就是那副長相，他的腿很短，還向內彎，身體又很大。走路時，就像他媽的猴子，兩隻手幾乎垂到地上。你看到他，會以為有人剝了他的猴皮，給他穿了褲子，並且拿走了他的棍子。還有他很笨，他知道一些事，知道怎麼做事，那是因為有人說給他聽，而且說得很慢、很清楚又很大聲。幸好肯尼會聽人話，否則他就只剩下笨了。在他的觀念裡，跟人談話就是別人說，他負責聽。如果人家問他話，他只會嗯嗯，那還是他心情好的時候；如果心情不好，他就什麼都不說。你若問他什麼事，他只會坐在那裡望著你，心裡想著你的問題。那是他試著在想，因為腦筋不靈光，反應也不夠快。你若肯花個一小時問他話，他會盡力去想，他就是這樣，然後他也許會說些什麼，可是也不過就是把你的話重新再說一遍。你說什麼，他總是同意。肯尼大概只懂得兩件事情，你若剛好說到其中一件，你們就可以講話，否則休想。還有他會呼吸，他很會呼吸。」

「喔，」亞瑪多說：「這麼說，他至少不會太凶惡。」

「他在為迪隆跑腿。」法蘭基說。

「惠特．厄普也在為迪隆跑腿，」亞瑪多說：「我親眼看到的，所以我曉得。別忘了，誰在為迪隆跑腿都無所謂，因為迪隆活不久了。」

「你記得加拉罕嗎？」法蘭基說。

「不記得。」亞瑪多說。

「你當然不記得，」法蘭基說：「他是個律師，以前為那個人做過事。他的車爆炸了。」

「對。」亞瑪多說。

「肯尼．吉爾幹的。」

「那件事發生時，」亞瑪多說：「我們都在牢裡。」

「我就是在牢裡知道是肯尼幹的，」法蘭基說：「屈納告訴我，他那時還在拘提中，而他老婆把這個消息告訴他，說是車子引擎的防火牆上裝了六捆炸藥。」

「用這種方式對付一個人太狠了。」亞瑪多說。

「加拉罕會同意你的看法，」法蘭基說：「那次爆炸把大部分東西都炸毀了，其中之一就是他的屁股，全炸爛了。本來他會徹底完蛋，如果他把門整個關上的話，因為他已經觸動了開關。屈納告訴我：『肯尼是個瘋子，他會做迪隆吩咐他的任何事，如果迪隆跟肯尼說，把你的老二剁掉。肯尼也會立刻把老二掏出來，動手剁掉。我們這裡有不少人很怕迪隆，他們根本不知道該怕的其實是肯尼。』」

「我最好每天早上叫康妮先去發動車子。」亞瑪多說。

「好主意，」法蘭基說：「如果她發動了沒有事，叫她開車到我那裡，把我的車也發動發動。不，我們必須想點辦法。我想到的第一件事是，我們應該弄掉羅素，那是我頭一個念頭，我不喜歡那個主意，以前我從沒做過這種事，但是那個狗娘養的，如果我出了事，就一定是他害的，我會因此殺了他，我真的幹得出來。」

「那算是好主意嗎？」亞瑪多說。

「不，」法蘭基說：「總之他已經捅出了紕漏，我們如果斃了他，也只是向大家證明：事情是我們幹的。不管怎樣，他都要離開了，也許他說的沒錯，他們打算殺掉我們三個，所以他要躲到加拿大去；或是他會因為那些貨被抓進牢裡，再也出不來。不行，我們現在最需要擔心的是肯尼，但我想他們不會派肯尼來找我，因為我認識他，不可能讓他接近我住的地方，我會攆他走，所以他們必須派別的人來，這樣就得花上一點時間。」

「還要考慮的是，」亞瑪多說：「照現在的情形看來，我懷疑他們真會這麼做，因為外頭的雜音太多了。」

「他們會的，」法蘭基說：「我們要開始提高警覺，注意身邊的各種動靜。」

「不，」亞瑪多說：「我看不出有這個必要。被砸的是闕特曼的場子，挨揍的是闕特曼，闕特曼不會因為別的理由被揍，他們也不會為了好玩，就把一個人揍成那樣。你的看法不對，他們並沒有在追查我們，現在已經沒有人在想那件事了。」

「約翰，」法蘭基說：「我希望你的看法是對的。但我想要長命百歲，我現在的生活才剛有了起色，我喜歡這樣的日子。」

「我的看法不會錯的。」亞瑪多說。

「你不介意的話，」法蘭基說：「我還是要多加小心。」

「法蘭基，」亞瑪多說：「你自個兒去緊張兮兮吧。我們做了這件事，沒有留下任何把柄。我要多跑跑布洛克頓，照顧一下生意。我會讓你知道什麼時候可以放下心來，進行下一件事。」

11

中午剛過不久，柯根在傑克．渥斯的店裡，坐在吧臺的盡頭，一面喝著黑啤酒，一面注意著門口的動靜。欄杆後面的用餐區湧進了一群穿著白袍的實習醫生和檢驗師，他們人手一杯黑啤酒，聊著新英格蘭醫學中心裡的八卦。

米齊穿過門口進入酒吧，迅速掃視一下，發現了柯根，隨即踩過木地板與木屑向他走去。他穿著樸素的哈里斯毛料[1]運動外套，灰色的法蘭絨休閒褲，外套底下的深藍色襯衫最上面一顆鈕釦沒扣。他的一頭黑髮剪得很短，皮膚非常白，他到了柯根的桌邊，伸出手說：「賈奇。」

他倆握了手，柯根打招呼道：「米齊。」兩人落了座，柯根向服務生示意，豎起兩根手指。

「噢，不行。」米齊說。

「戒酒了？」柯根說。

「是太胖了。」米齊說。服務生走過來。「英人牌的琴馬丁尼，」米齊說：「加上冰塊和橄欖，行嗎？」那服務生點點頭。

「午餐吃了沒？」柯根說。

「在飛機上吃了，」米齊說：「飛機上的午餐，隨便吃吃。」

「那你應該點一客這裡的匈牙利牛肉湯，」柯根說：「基本上是燉牛肉，不過加了番茄和其他佐料，味道很棒。」

「那家巷子裡的店還在嗎？大夥兒都去的那間，有燉牛肉的那家？」米齊說。

「康威與道尼餐廳，」柯根說：「還在，那裡的燉牛肉很棒，對吧？」

「我以前就那麼認為，」米齊說：「迪隆帶我去過一次，我對他說：『老天，所有的好館子你都知道，對吧？』那陣子天氣很糟，常常下雪什麼的。真是見鬼了，什麼地方都不能去，我們在處理那傢伙的事，問題又一大堆，於是迪隆帶我去了那裡。他整個人快氣炸了。如果你想惹迪隆生氣，只要讓他認為你覺得他很外行，那就行了。再不然就是告訴他某件事有他沒他都無所謂。但我猜他現在是『有所謂』，是吧？」

「現在是。」柯根說。

---

1 Harris Tweed，一九〇九年成立於英國蘇格蘭的品牌，以哈里斯島及路易斯島等小島盛產的羊毛手工織成，再以特殊植物染劑去染出的衣料，料子上的雜色斑點為其特色。當年英國貴族酷愛用此衣料來裁製獵裝。

「他媽的，」米齊說：「我並不知道你們的狀況，剛才是用猜的。見鬼了，我今年五十一歲，一直在發胖。不曉得怎麼搞的，我從來都沒有體重的問題。當我是三十歲，還是三十五歲的時候，天啊，你知道嗎？當我三十歲，還是三十五歲時，老天，你知道那時候他媽的總統是誰？就是哈利．他媽的杜魯門，我的老天。」

「他現在應該有一百歲了。」柯根說。

「據我所知，」米齊說：「他已經他媽的掛了。我不知道，我曾經靠少吃馬鈴薯來維持體重。當時我必須這麼做，剛開始一切都很順利，偶爾上上健身房，馬鈴薯也不怎麼碰的話，想喝啤酒的時候，我隨時都可以喝它個一杯。」

「也許不止一杯。」柯根說。

「呃，」米齊說：「也許一、兩次吧。但我以前辦得到，現在可不行了，現在光是看到一杯啤酒，我就會發胖，氣死我了。你知道嗎，我服用過可體松[2]，人吃了這種藥會腫起來。我跟醫生談過，我說吃這種藥會讓我胖死，他告訴我，不會，而且只要停止服用，體重馬上恢復正常，但我的體重沒有恢復正常。」

「你服用可體松做什麼？」柯根說。

「因為結腸炎，」米齊說：「我去年的春天到夏天之間，生了病，感覺快掛了。你知道嗎？我的用藥量並不大，也沒有吃多久。只除了，呃，病得很嚴重的時候。我還去看那個治療老二的醫生，他開了盤尼西林給我，我沒有多嘴告訴他，我在服用可體松，因為我猜兩種藥是不能合在一起吃。我大約有一個星期病得很厲害，完全無法出門或是做任何事。

「我老婆也要服用那種玩意兒，」柯根說：「可體松吧，我猜是這種藥，但也許是別種。不過她吃了並沒有發胖。」

「她得了關節炎還是怎的？」米齊說。

「因為毒橡木，」柯根說：「她一有空就會到戶外活動，自己弄了一個花圃，整理得很好。她去那裡種花時，中了毒橡木的毒。她當時也不以為意，也許是在拔除藤根或碰了什麼不應該碰的東西，然後你知道，她全身開始發癢，就算搽了佳樂美藥膏[3]也不能止癢。最後只好去看醫生。醫生說，她一碰觸到那種玩意兒，那種毒就進入到血液之中。你知道嗎，那種毒會深入頭髮，遍布整個頭皮，沿著耳朵後面蔓延全身。她每天早上比我先起床，因為她上班比我早，我因此常常被吵醒。她在浴室裡哭，光梳個頭髮就痛得要命。他們說，那種毒病沒辦法靠搽藥解決，必須吃口服藥。我想那

2 cortisone，是一種治療關節炎和過敏症的藥物。
3 calamine，一種爐甘石洗劑。

種口服藥是可體松，她那陣子簡直是生不如死。」

「她到了明年可能又會再犯。」米齊說。

「這個我知道，」柯根說：「我問過醫生這件事，他說不是那樣，因為毒性進入到血液，你靠任何藥物都無法根治，如果只是靠搽藥，它一定會復發。但是我也不意外，因為那些醫生常常都不知道自己在幹嘛。所以，最大的問題在於我老婆自己。你知道嗎，她一遇到昆蟲就很麻煩，蜜蜂、大黃蜂之類的，她對那些昆蟲過敏。」

「皮膚會腫起來之類的？」米齊說：「我小時候也是這樣。」

「比那個還嚴重，」柯根說：「那會要了她的命。她每次出門，非要隨身帶一支針不可，裡面裝的是腎上腺素。我在汽車的乘客座置物箱裡放了一支，在小卡車上也放了一支。他們告訴她，如果是脖子以上被蜜蜂叮了，五分鐘內必須注射；如果是脖子以下，二十分鐘內必須注射。他們的說法是：『幫她打一針就對了，不要試圖送醫院，那樣來不及，她的心臟會停掉。』」

「老天爺，」米齊說：「居然有這麼嚴重。」

「我老婆是個很強韌的女人，她大半輩子都是這樣過了。」柯根說：「她說：『這世界到處都是蜜蜂，我總不能一輩子待在屋子裡，萬一蜜蜂飛進屋子裡，我怎麼辦？』而且她還說起，幾年前我們外出吃晚餐時，她被蜜蜂叮咬的事。那是家水上餐廳，我猜橋底下有個蜂窩之類的，而她當然沒有搽香水，這點我可是學乖了。不過正當我在喝人家送來的氣泡酒時，一隻蜜蜂飛了過來，我還以為是衝著我來的，所以當蜜蜂停在她脖子上，那個服務生發現了，並上前想要幫忙把蜜蜂趕走。我還沒看到他在做什麼，他就已經動手了。呃，結果他失手了，惹得蜜蜂往我老婆一叮，然後只聽我老婆**尖叫**一聲。她才要去拿包包，就整個人發青了。這下可好，幸虧我身上帶著一支注射針，雖然差一點把餐桌撞翻，但我立刻繞到她的身邊。你知道嗎，她無法呼吸了，於是我給了她一針，她就恢復過來了。她事後說：『那感覺就像有人把世界上的空氣都吸走了。』

「這樣的事偶爾會發生，」柯根說：「她也只能忍受，而且她知道自己有可能會發生什麼事。我們到城裡去見她的母親，卡洛還有兩個姊妹，記得吧？那次，她們三個各自帶了一大堆小孩，卡洛對那些小孩都很好。我太太的母親卻很不高興，老是擺張臭臉，她什麼話都不說，光是坐在那。當然她知道卡洛在做什麼，但是她看著卡洛時，我太太也毫不相讓。『媽，』她會這麼說：『卡洛阿姨自己有分寸，妳也總不能想做什麼，就做什麼啊。』」

「你永遠沒法做你想做的事，」米齊說：「永遠。每次你做了什麼，都會惹來一身腥。看看迪隆就知道。」

那位服務生為那些實習醫生和檢驗師送了兩次餐飲之後，才端著飲料來給柯根和米齊。

「這是我今天的第一杯，」米齊說：「在飛機上喝的不算的話。」他喝了口馬丁尼。「這杯爛透的飲料居然要一塊半，」他說：「他們應該覺得丟臉才對，該死的土匪。算了，看看迪隆的樣子。這位老兄，我從來沒見過他做什麼事情會過了頭。他偶爾會喝個酒，吃頓大餐，我想他有需要時也會找女人，我不知道，但我從未見過他那麼做，雖然我猜他會。」

「他曾經去看過他老婆幾次。」柯根說。

「她是個美女。」米齊說。他把馬丁尼喝完，向服務生打個手勢。「他有一次告訴我說，他撞見她在搜他衣服口袋裡的錢。我跟他說：『如果有個女人被我發現那麼做，我會殺了她。』但是，你知道他怎麼回答？他說：『我不會那麼做。我總是想知道在我身邊的人，究竟肯為我出力到什麼地步。至於她嘛，我曉得。』我不懂。我想迪隆的日子過得很糟，我唯一看過他開心的樣子，就是他到佛羅里達的那一次。他老兄太可惜了，一輩子都在做同樣的事，我真不懂，要是我就不會那樣。」

「你還待在工會？」柯根說。

「沒有，」米齊說：「我退出了。那裡太多人，你知道現在是什麼情況嗎？大部分都是他媽的波多黎各人。你一定聽說了，而且大家都以為這些都是黑人，但其實不是。如果是在紐約，某些地方也許是黑人的天下，但不是整個紐約。紐約現在是波多黎各人的天下，我不知道這是他媽的怎麼回事，我住紐約，住了快二十年。我在那裡的時候，不斷聽到有人在鬼吼鬼叫，仔細一看吼叫的不是黑人，而是波多黎各人。那些混蛋，他們坐飛機來，一下子就占據了整個城市，突然間大家都要放低身段，拍他媽的波多黎各人的馬屁。你手上拿著一個三明治，就會有一個餓肚子的波多黎各人來到你身邊，他們大概長得太好看，而不用去工作或幹活，總之你的三明治也別想吃了。何況還有個從華盛頓來的傢伙，瞪著你眼睛說：『把你的三明治給他吧，他是西班牙裔的，有權利吃你的三明治。』我放眼望去，整個紐約到處都是西班牙裔的，站在每個角落搖著屁股。我發誓他們都是同性戀。沒有，我不在工會，我在賣汽車。」

「天啊，」柯根說：「真沒想到，待遇一定很好。」

「待遇哪裡好，」米齊說：「跟狗屎差不多。除非你是開公司的老闆，那才真的有賺頭，是吧？現在那傢伙可成功了，有不少像我這樣的手下為他賣命。你想要賺錢，就得好好賣命，也要把握自己的好運。不過我說的那個傢伙，是我老婆的叔叔，但說來應該是我嫁給他才對，我們處得相當融洽。所以我做得還不錯，經常要在外面跑，還得去開會等等。不過那只是暫時如此，我很快就要爬到一個很高的職位，那可是讓每個人一聽都大叫削翻了。我有了不錯的成績，得到了這個那個的，而且紐澤西的那個白痴，我發誓他每次一拿起電話就對人說，我是多麼了不得的人物，噢，他真是我的貴人。所以你必須耐心的等，這些都會過去的，事情一向如此。他媽的中國人那種猖狂囂張樣子，也不會再撐太久了。搞什麼鬼嘛，我是說，遲早又會來一場他媽的選舉。臺上那個瘋子想把這個世界拱手讓人，對象只要是黑鬼都可以。他認為黑鬼應該擁有一切。他等著被痛打一頓吧，然後事情就會平息下來。等著看好了。」

服務生又送來兩杯飲料，他是個老頭，穿著正式的制服，弓著腰。「你這兩杯是從哪裡弄來的？」米齊說。那服務生站直了身體，望著米齊。「我是問：你這兩杯東西是從哪裡弄來的？」米齊說：「我知道不是在這幢大樓裡做的，肯定是這樣。你可能要過好幾條街，甚至要坐計程車才能把這兩杯飲料送來，所以我很好奇東西是哪裡來的。」

「不是的，先生，」那服務生說：「只不過我們今天吧臺和用餐區只剩下一個人手，非常的忙。飲料還可以吧？」

「呃，」米齊說：「老實說，很不行，等你送來這裡，酒都揮發掉了。」

「米齊。」柯根阻止他道。「好了，」他對那服務生說：「飲料沒問題。」

那服務生走了。

「下一杯我要用郵寄的方式來點，」米齊說：「他們大概在雜誌上刊登了可以勾選的表格，你選好了再寄過來，等你來到這裡，他們只需要一個星期就可以把你要的東西準備好。」

「這地方可是你選的。」柯根說。

「老天，這是我在波士頓唯一曉得、唯一想得起來的地方。」米齊說：「我以前從沒來過。你知道我來過波士頓幾次？我這輩子到現在，只來過四、五次，而這裡我從沒來過。我每次都去別的地方，不是底特律就是芝加哥之類的，上次還去了聖路易，但就是沒有來過這裡。前兩天有人問我肯不肯辦件事情，我告訴他說不行，因為我要出城，他立刻說：『天呀，你要去布魯克林還是哪裡？』」

「你告訴他要來這裡？」柯根說。

「老天，才沒有，」米齊說：「我只是說，我來波士頓的次數不多。照我想，當他們說需要人，那通常代表他們有另一個常找的對象。當然我做的事並不多，也沒去接觸近來發生的那些事，否則事情也不會找上我了。」

「是這樣嗎？」柯根說。

「沒錯。」米齊說，他喝完了杯中物，向服務生打個手勢，指著他的杯子。那服務生慢慢向酒保那裡走去。「在等待那傢伙從遙遠的遠方送酒來的同時，你不介意我喝你的啤酒吧？」米齊說著，便伸手拿了那杯黑啤酒。

「不介意，」柯根說：「不過你喝了會發胖，剛剛你才說過。」

米齊喝了幾口啤酒。「是啊。」他說：「首先是幾通電話打來說那件事，老天，我可以宰了那傢伙，我是說真的，我可以找個人，要他去動手，只要兩三下工夫就能把那傢伙幹掉，不費吹灰之力。然後呢，呃，因為那件事我必須離開大廳，你知道嗎，我覺得身體不對勁，於是我去看醫生。醫生給了我一些藥，還問我最近是不是很緊張等等的。當然不是，只是我的名字經常出現在報紙上，我打賭我比洛克菲勒還出名。以前的我可以做全盤的規畫，並且順利完成每一件事。但是，一夕之間，我變成只能打斷人家的腿，或是朝他們扔個炸彈什麼的而已，我都忘了過去是怎麼一回事。而且當然啦，沒有，我沒有什麼困擾。我吃藥，變胖，又在沙拉托加好好吸了一管，在那裡認識了幾個傢伙，最後是在馬里蘭州因為槍枝的事被抓了起來。」

「什麼槍枝的事？」柯根說。

「天哪，我那次只是去打獵。」米齊說：「我和另一位老兄，你認識托普吧？」

「不認識。」柯根說。

米齊喝完啤酒，服務生剛好送來飲料。「看來你沒有弄杯啤酒給他。」米齊說。

「沒有，先生，」那服務生說：「我以為你只要這杯。」

「你的『以為』是錯的，」米齊說：「你也送杯啤酒給他，我剛才喝掉他的了。」

「我不喝了，」柯根對那服務生說：「這樣就好。」

服務生點點頭。

米齊聳了聳肩。「好吧，不喝了。」米齊說：「對，托普，好人一個，住在長島。我們去那裡的時候，有人告訴我說，該去看看他了。那個人說：『他老了，但還是好人一個。』所以我去見了托普，托普喜歡釣魚。」

「我去釣過一次魚，」柯根說：「坐在他媽的小船上，那些釣客統統在喝啤酒，我看著那些傢伙，心想：『這是幹什麼？如果我想看人喝啤酒，我可以去看棒球。』感覺很糟糕，粗俗不堪，所有的釣客都在喝啤酒，而且開始嘔吐。真是爛斃了的釣魚。」

「他是那種拋投釣法，」米齊說：「你去到海邊，站在岸上釣魚，感覺很愉快。」米齊喝掉半杯馬丁尼，輕輕打了個嗝。「唯一不好的是必須很早出發，但那又怎樣，只要他想去。我老婆因為這個又開始囉嗦，我回她：『拜託，別管我，行嗎？』你去獵過野鵝嗎？」

「沒有，」柯根說：「麻煩的是我得工作，我一天到晚都在工作，回家就睡覺，當然也有些休假，可是我還是過著相同的生活。我老婆現在老是對我說，我工作得太辛苦了，而且這是事實。知道嗎，我動了個手術，問題不大，但是遲早誰都會看得出發生了什麼事。州政府正在採取行動，現在東西還是可以賣，沒什麼問題，但是不會像以前那麼好了。所以我開始把東西跟香菸一起賣，進行得非常順利，在我接手六個月後，生意簡直是一飛衝天。所以，很好，我找了個傢伙，批給他一些貨，現在還是持續供貨給他，但他是透過幾個定點在賣，於是我就往西發展，到這裡來，照料其他人的生意。所以，情況愈來愈好。但是這就讓我老婆很受不了，只要我們一起出門，到了那裡之後，我卻睡不著。我不習慣太早上床，總是當夜貓子，很晚才睡，以致我們無法一起從事任何活動。我老婆對我說：『你太累了。』也的確是。但是我來來回回試著改變過幾次，卻還是辦不到。幹這行太久了，我想應該換別的名堂來做，給自己多一點時間。」

「你有時候必須做些改變，」米齊說：「譬如說，工會那方面的事？呃，那亂成一團，我不喜歡。不過我做了很長一段時間，你知道嗎，從某方面來說，當時也算愉快。就如托普所說，他差不多都七十歲了，現在已經不做事了。他告訴我：『你們這些人的麻煩在於，一輩子都在做同一件事，最後只落得人愈變愈老，所以你必須嘗試做點新的事。』我聽了他的話，跟他一起到馬里蘭州的海邊，打算去獵野鵝。當我們抵達那家汽車旅館，發現住滿了一票人，全是些正派的人。結果我們到了打獵區，居然已經有一、二百個條子在那裡等著，而我們的後車廂裡正好放著霰彈槍。噢，這真是他媽的太好了。『你們要去哪裡？要做什麼？是打哪兒來的？』我們當然什麼都沒說，我的意思是，他們那樣嚴陣以待，可是我們又不是在蘇聯。接著大家都站在一起，他們便開始搜索每一輛車。我想問他們有沒有搜索票，我真的打算這麼問，但被托普制止了。當時有四、五個條子站在附近，我很擔心托普要說什麼，但他只是搖搖頭。真的別輕舉妄動，托普是對的，我什麼話都沒有說。

「所以呢，」米齊說：「他們打開後車廂，在我和托普的車上——其實那是托普他老婆的車——發現了霰彈槍，兩枝霰彈槍都是我剛買的。老天爺，我是去店裡買了他媽的霰彈槍，當然，單據上是我老婆的叔叔簽的名，但錢是我付的，取貨的也是我，不是從別人手中拿來的，那槍我連用都還沒有用過。有個傢伙看著那兩枝槍，然後走過來，他是財政部的，說我被逮捕了，罪名是非法持有槍械。你想想，你覺得我會對他們說一個字嗎？當然不會。但他開口說了：『米齊爾先生……』然後就一路不停的講下去。所以，這種事就是有可能發生，他們知道我的前科紀錄之類的。我看向托普，不行，他也被逮捕了，他們知道他的名字。我心裡想：再過不久我要好好打聽，看看這些傢伙怎麼會把我摸得那麼透。

「那傢伙對我說：『讓你知道也好，可能你也有興趣知道，』」米齊說：「『我們是今天早上在窄頸大橋盯上你的。總有一天你們這些人得明白，這種黑幫大會還是別開為妙。』所以事情就是如此，我可能得為買了一枝他媽的霰彈槍而去坐牢，可是拜託，那枝槍是要拿去獵野鵝的。」

「真夠倒楣的。」柯根說。

米齊喝乾馬丁尼，向服務生打個手勢，再指著柯根的那個空杯。

「米齊，你這玩意兒喝得很凶，對吧？」柯根說。

「我一整晚都沒睡，」米齊說：「每次隔天要搭飛機出門，我當晚就睡不著，這些事會讓我緊張。然後，當我這樣子到了目的地，就必須先睡個覺，然後才有精神處理當天的事。等我們這裡談完了，我要到飯店去補個眠。我去看了醫生，他要我恢復服用可體松，那是在馬里蘭州出事後才又開始吃的，我說：『不要。』我不管會出現什麼狀況，要我一天換三次褲子也行，我一定要擺脫增加的體重。只是我想，呃，托普可能覺得他該負責，但是他的個子這麼小，人也很老了，我猜他可能有三十年沒被逮捕過。所以，那兩枝霰彈槍可以說是托普的，而我只是幫老人家一個忙，開車載他到那裡，事情就是如此。」

「是啊，」柯根說：「但如果他們不相信這個說法……」

「那我就得坐牢，」米齊說：「事情很簡單，如果不是他的槍，我就得坐牢。我以前坐過牢，必要的話，也可以再去一次。若真是那樣，他們就得盡全力，在我的前科紀錄裡再加個三條才行。噢，天哪，他們真是愛逮捕你，他們就是愛那一套。當他們開始抓人，而且最後終於抓到了一個傢伙，知道了他的名字。老天爺，你會想到其中有些條子還只是毛頭小子，他們很愛打嫌犯的耳光，愛死了，真是群混蛋。但是，真他媽的狗屎運，我只坐了一年牢。我不喜歡坐牢，但這件狗屁事情就是如此。」

「但是當太太的可就苦了，」柯根說：「你知道，有件事卡洛永遠放不下，那就是擔心我會被抓去坐牢。大部分時候她都不管我，只在乎我是否吃上了官司之類的。但是你知道嗎，警方三不五時就抓幾個傢伙送到大陪審團面前，逼問他們某某案件的主使者是誰。就像你說的，他們知道主嫌是誰，但是他們當然不說，這樣他們就能置身事外。」

「布魯克林的警察就是這麼幹的，」米齊說：「他們把一大票人抓去關，可是那些人會怎麼做？他們什麼也不會透露。」

「是啊，」柯根說：「所以，沒什麼差別，他們還是被丟到牢裡。如果他們不肯告訴警方——他們當然不會講——那他們就必須繼續待在牢裡，所以那些人都在牢裡蹲。我老婆經常說這個。那時我就會告訴她，我還不夠大尾，如果出了事，我無論如何都會盡快擺脫干係。像我這樣的角色，警方甚至不知道我的存在，比我有分量的人還多的是。雖然這些我都心知肚明，可是要真發生了那樣的事，我想她還是無法承受。每次有條子上門，問起了案情，那些大家都知道，吃自助餐時會聊的事，她就擔心得不得了，總是對我說：『答應我一件事，不要接他們打來的電話。』好，我就不接。雖然事情幾乎扯不上我，但我想她還是承受不了，只因為發生過那樣的事。」

「她們當然受不了。」米齊說。服務生送來馬丁尼和啤酒，米齊先喝了口啤酒，抹了嘴巴，輕輕的打了嗝。「上一回啊，我老婆就真拿出了離婚協議，我不怪她，她那時年輕多了。但我們最後談起那件事情是哪一天？那天陪審團要受理那個案件，我起床時發現她不在，我不知道她起來多久了，但我五點左右起來上廁所，她已經不在床上了。她說：『情形看起來不太妙了，對吧？』呿，去他媽的，是不太妙，證人席上的那個條子撒了謊——那是當然的，他說我九點半時在案發現場，但我那天晚上至少是十點以後才到那裡，偏偏陪審團相信那條子的鬼話——那也是當然的囉。所以我對她說，是不太妙。然後我們回到臥房換衣服，我一面穿長褲一面看著她，她也在換衣服，我不知道她是怎麼辦到的，喝酒喝得那麼凶，身材卻一直能保持得那麼好。我一直在想這些，你知道嗎？現在我又要再次離家，她又要開始借酒澆愁什麼的，而且我知道她會到處去找樂子。去他媽的，我是說，我很不喜歡這種感覺，那讓我抓狂，你知道嗎，那些事我雖然都一清二楚，但我甚至問都不會問她。就因為我在牢裡，她也不能去找樂子，難道她要跟著我一起坐監？所以她看著我說：『哈洛德，我這是第三次必須面對這樣的事了。』她從不叫我米齊，因為她知道我討厭她那麼叫我。

「我告訴她：『拜託，妳根本不知道會發生什麼事，』」米齊喝了些馬丁尼，說：「『妳永遠不知道之後會發生的事。』

「然後她對我說，」米齊說：「『好吧，你自以為知道接下來會怎樣，但我認為你就要去坐牢了，我不知道我是否還能再次承受這些。』

「所以事情就發生了，」米齊說：「她拿出了離婚協議書，我也打算簽字，讓她如願──如果那就是她想要的。她經歷了兩次這樣的事，並不欠我什麼，她可能也厭倦了。但接著，我要她到獄中看我，我說：『瑪姬，有件事，妳知道嗎？妳想離婚，如果妳心意已決，我會同意。但是妳接下來怎麼辦？』那時她三十九、四十了，我說：『孩子的監護權可以給妳，但妳還是要了解，我不會一直待在牢裡，等我出獄了，等我來探望孩子時，妳還是得見到我，我也不可能不來探望他們的。況且我們在一起那麼久了，除非妳是真的有了另一個人，真的要跟他在一起──這妳同意嗎？』呃，我知道她跟那個人私會，所以她不回答我。我又說：『聽著，就當是為了我，現在先別急著做決定。妳知道，上次我出獄時，妳我都還年輕，所以請妳等我出獄時再決定。』然後她注視著我說：『你當時向我承諾，你會洗手不幹。可是，現在又發生同樣的事，你又來向我承諾，我又得再等上五、六年，而到時你又會惹出事情來。』

「我說：『瑪姬，我還能說什麼？』」米齊說：「『我知道妳是對的。但是我只想求妳——妳做得到的——等我出獄再說。因為，我不知道那個人是誰，』」米齊說：「其實我知道，她跟他第一次私會的兩天後，我就知道了。我也不怪那個男的。我說：『妳至少該為我那麼做。他在身邊時，我也要在。因為妳我之間一直相處得還不錯。』於是她就哭了起來，不斷的搖頭，而我真的是那麼想。但是她不肯，那樣也好。我在想，你知道孩子的事嗎？大概不知道吧。」米齊乾了那杯馬丁尼。

「你不能再喝了，」柯根說：「再喝下去，你會跌得狗吃屎。」

「我還能喝，」米齊說：「你還沒離開你爸老二的時候，我就在喝酒了，所以別告訴我該怎麼做。」他向服務生打個手勢，對著柯根的啤酒杯指了指。「沒有人知道我孩子的事，」米齊說：「但是，我的孩子的確很辛苦。我想，那可能是因為他們受了波及，而且身不由已。他們並不優秀，噢，是不夠好。女兒大致還可以，兒子就不肯跟我有任何牽扯。我想這倒也有趣，對吧？可能因為如此，瑪姬才會做那樣的決定，不然，瑪姬不跟我離婚，對他們也比較有好處。她現在之所以喝酒喝得很凶，我想是因為這個原因。」

「我們去佛羅里達的時候見過她，」柯根說：「我覺得她還好。」

「是沒錯，」米齊說：「當我在那裡時，她是還好。我去那裡時，也的確如此，這我相信。但是你要知道，那還是她頭一次完全正常，從那以後，我就發現出問題了。我跟幾個傢伙談過，每一個有外遇的人都是那樣，第一次他們會懸崖勒馬。你知道，你總認為他們會懸崖勒馬，然後事情就到此為止。他們也如此認為，自以為有把握，但是他們無法罷手，任何人在那種情況下都會不對勁，也沒法再好起來。我回去以後，在家裡待了一個月，兩個人一直在爭吵，什麼事都吵，你知道嗎，我當時根本不知道是怎麼回事；但這麼說好了，我並不後悔走到這個地步。只是她又再度出牆了。人們一旦開始偷腥，是不容易切斷的。他們最好的處理方式，就是先分開一陣子再說。我認為她和她的情人之間終於發生了什麼事，而我離開了，又是因為坐牢這碼子事，我想她將會永遠陷下去，直到他們把我送去吃牢飯。但是這回，乖乖，我終於懂了，我再度收到她寄來的離婚協議書，這回我簽了字。我他媽的實在有夠難受。」

服務生送來兩杯黑啤酒，全放在米齊面前。柯根說：「買單。」服務生點點頭。米齊將頭一杯喝了一半。

「你喝過頭了，會醉的。」柯根說。

「欸，」米齊說：「這樣你曉得了吧？你還能怎麼樣？只能盡力而為。你想我會像個逃兵似的逃跑？去他媽的，反正那也沒差了——我們到底要做什麼？」

「有這麼一件案子，」柯根說：「我們有兩個傢伙的事情要辦，其實一共是四個，但其中一個可能不在這附近，另外有一個我還不確定是否真需要處理。所以，這兩個傢伙是確定要辦的，而其中一個認識我，所以只好把你找來。」

「好吧，」米齊說：「兩個都要交給我還是怎樣？他們都在這附近嗎？」

「呃，不，」柯根說：「我是說，如果你兩個都要，我沒問題，只要你認為應付得來。你要嗎？」

「錢我是需要，」米齊說：「我打算試試看，只是辦完可能會去掉我半條命。你知道那些狗娘養的要在哪裡起訴我？馬里蘭州。不是在紐約，是在馬里蘭州。所以我必須到那裡，乾耗在汽車旅館裡，等著跟我的兩個律師碰頭，其中一個看起來這輩子從沒離開過紐約時尚區，這傢伙叫梭利，人很不錯。如果問起紐約的猶太人裡有個穿著非常時髦的傢伙，那肯定就是梭利了。另一位呢，大概是那種有事沒事都穿著連身工作服的傢伙，這樣，他們就不會因為我光找了梭利，而把我送進牢裡。沒錯，我是需要銀子。」

「那好，」柯根說：「你負責兩個，我也沒有問題。」

「我應該早點接受你的邀請。」米齊說：「但我想，我是不應該出現在這裡的，你知道嗎？我被限制行動，因為紐約和馬里蘭州那幾件案子的關係。除非問過他們，否則我不應該來的。呃，但我並沒有問過他們，所以若非必要，我還是不要在這地方停留太久，而且一次包下兩個也有危險，不行，我最好只接一個吧。」

「好吧，」柯根說：「現在的情況是，這當中有一個傢伙認識我。呃，他也許不認識我，但在少數認識我的人裡面，他很可能是其中一個，這樣你了解嗎？他曉得有我這個人，也認識迪隆，如果他聽到了風聲，就會對迪隆或是我有所提防，所以他要交給你。」

「他有同夥嗎？」米齊說。

「其中一個傢伙可能會由我們處理，」柯根說：「他是個年輕人，可能就在這一帶混，也是個狠角色。另一個小子顯然不在這附近。所以，你只需要對付一個。」

「我們要怎麼對付他？」米齊說。

「目前要看情況，但老實說我不知道。」柯根說：「知道嗎，另一個傢伙，我打算今天晚上拿他開刀。這其中有很多狀況要考量，就看今晚進行得如何。」

「他媽的就是會有意外，對吧？」米齊說。

「就是會有那種鳥事，」柯根說：「我說的這個傢伙，設賭局抽頭，你知道嗎，他有一次找人砸了自己的場子，然後呢，他居然平安無事的脫身了。所以，後來大家就想『算了』，他的賭局又再度開張。之後就是跑出另一個傢伙生事，他找了兩個小子闖進去，再次砸了那個場子，明白了嗎？有人認為應該要追究設賭局的那個人的責任，而他就是我要對付的傢伙，今晚我就要取了他的小命。我想，事情會很順利。」

「蠢貨一枚。」米齊說。他把第一杯黑啤酒喝完。

「你說的沒錯。」柯根說。服務生送來帳單，柯根付了帳。

「你找錢回來時，」米齊對服務生說：「有可能在今年之內走回我坐的這區嗎？再送兩杯啤酒來。」

「不，不要。」柯根對那服務生說，他拿起另一杯黑啤酒：「這杯我來喝，雖然我並不想。他喝咖啡，給他送杯黑咖啡來。」

「喂——」米齊說。

「別喂了，」柯根說：「我得告訴你，我可不想到時候，還要跑去牢裡看你。這裡人很多，隔牆有耳。你喝咖啡吧。」

「喝咖啡我會睡不著。」米齊說。

「那就看電視。」柯根說。

「我不太想看，」米齊說：「不如，你幫我安排節目吧。」

「你想要那個？」柯根說。

「要命，」米齊說：「我今晚不必行動，對吧？」

「沒錯。」柯根說。

「而且我大概也不會在明晚行動，」米齊說：「我們要把這件事做個安排，誰要來幫我？」

「我找了個小子，」柯根說：「他不是最精的那種，但是會聽你的話去做，你要他開車，他就開車，要他做任何事都行。」

「他會不會搞砸？」米齊說：「先別管人家告訴他什麼，他會不會把事情搞砸？」

「你聽我說，」柯根說：「如果你要的話，那小子光一隻手就能把一輛車扯成兩半，非常靠得住。但是你必須告訴他怎麼做，你告訴他，他就會做。必要時，大樓他也能闖進去。」

「我這個人呢，」米齊說：「寧可是叫一個傢伙在附近察看或監視大樓什麼的。我可不想當他一離開我的視線，就四處橫衝直撞，我可受不了那樣。你真的不能自己來？」

「你聽我說，」柯根說：「那傢伙名叫約翰．亞瑪多，我認識他。有一次他要迪隆幫他一件事，迪隆沒辦法做，於是告訴他，如果覺得可以，會問我行不行，那傢伙說『好』。所以我做了那件事，他付了酬勞，因此他認識我。」

「你說的這個小子知道多少？」米齊說。

「肯尼嗎？」柯根說：「肯尼什麼都不知道，我沒有告訴他任何事。他也不知道你來了，就算知道，他也不了解是怎麼回事。」

「我不要他。」米齊說。

那服務生送來了找的零錢和咖啡。

「那個我也不要。」米齊說。

「我沒說你要。」柯根說。

「我也不要他媽的核桃蛋糕。」米齊說。

「好吧。」柯根說：「聽著，我是說，你不要那小子，但是你總得告訴我你要什麼，對吧？因為我可不知道。」

「那傢伙人在哪裡？」米齊說。

「昆西。」柯根說：「正確的講，是華勒斯東。」

「我不知道那是什麼鬼地方。」米齊說。

「我可以帶你去。」柯根說。

「但是他認識你，還真會打算。」米齊說：「那，另一個傢伙，要由你來處理？」

「沒錯。」柯根說。

「做掉他，」米齊說：「這樣看來，要幹掉你交給我的那傢伙，也得費點工夫。」

「那是要的。」柯根說。

「要讓他鬆懈下來之類的。」米齊說。

「我想也是。」柯根說。

「好吧，那麼，」米齊說：「我們要給他個機會去放鬆一下，對吧？然後你要幫我找個開車不會出事的人，還要幫我弄到傢伙。你還沒有去弄吧，我猜。」

「我正想問你需要什麼。」柯根說。

「很好，」米齊說：「憲兵專用四五手槍，我沒用過別的。」

「沒問題。」柯根說。

「如果整件事是由你來安排，那會非常好。」米齊說：「你是個好手，很會做事。你弄那些需要多久？」

「一天左右。」柯根說。

「車呢？」米齊說。

「也是大約一天。」柯根說。

「做掉那個人呢？」米齊說。

「一樣。」柯根說。

「你知道嗎，」米齊說：「我不相信你的手腳有那麼快。」

「我可以的。」柯根說。

「呃，」米齊說：「我想你辦不到，但我不在乎你行或不行。現在我們就是決定要幹這事了。今天是星期四，我們想在星期六晚上做掉他，就是那個時候。你們這裡的傢伙都是半吊子，你也不多花點時間好好想想，要是我就會。」

「我一向樂於跟前輩見面，把握機會，好好學習。」柯根說。

「我幹這種事很久了，」米齊說：「我搞砸過一些事，但這種事從來沒有失手。這麼說，我只有今晚和明晚可以放鬆一下，今晚有誰會來見我？」

「我沒法保證有什麼特別的。」柯根說。

「不愛打炮，是吧？」米齊說。

「我是沒花過這種錢。」柯根說。

「呃，我只是想要有人陪，」米齊說：「你幫我今晚找個伴，我在那裡等她來。我住飯店最頂樓，一四〇九號房，行嗎？」

「呃，」柯根說：「我會盡力幫你找，但找來的行不行要由你來決定。」

12

「他走路走得不穩。」吉爾說。他穿著一件深藍色裝甲兵夾克，與柯根對坐在與龍蝦尾餐廳隔街相對的海耶斯．畢克佛餐廳裡。

「他當然走不穩。」柯根說：「他受了傷，被人打個半死。」

「他做什麼事都要很長的時間，」吉爾說：「我看著他，光是從車裡出來，就花了好多時間。」

「他全身都綁著繃帶。」柯根說。

「那一定會行動緩慢。」吉爾說。

「他很不舒服，」柯根說：「如果是你，也會很不舒服。」

「我們要做些什麼，賈奇？」吉爾說。

「你負責開車，」柯根說：「不要管我打算做什麼，你只要想著你該做的事就行。」

「我會得到一點錢吧？」吉爾說。

「五百塊，」柯根說：「跟以前一樣，五百塊。你可不能出任何差錯。」

「我搞砸過你的事嗎？」肯尼說。

「肯尼，」柯根說：「這世界很多人以前都沒出過差錯，結果只搞砸了一件事，就去坐牢了。所以今晚絕不是出差錯的時候，尤其是跟著我一起辦事。你去弄了什麼車來？」

「奧茲莫比爾的，」吉爾說：「去年的四四二車款，很好的車。」

「別對那輛車太有感情，」柯根說：「我交給你的東西，都帶在車上了？」

「都帶了。」吉爾說。

「我交代的事，你都記住了？」

「當然。」吉爾說。

「很好。」柯根說：「接下來，你只要專心開車就是了。」

「對方是誰？」吉爾說。

「那不重要。」柯根說。

「不，」吉爾說：「我是說真的，對方是誰？是挨了史提夫和巴利一頓打的傢伙嗎？」

「肯尼——」柯根說。

「我沒別的意思，只是好奇，」吉爾說：「我知道有個傢伙被打得很慘，他本來是開賭局讓人打牌的。這傢伙傷得很重，我在想是不是同一個人。」

「肯尼，是誰告訴你那傢伙開了賭局供人打牌的？」柯根說。

「賈奇，」吉爾說：「我剛才說了，我只是好奇，沒有別的意思。他在那個賭局搞了什麼事？」

「他找了兩個傢伙闖進去，砸了場子。」柯根說。

「噢，」吉爾說：「呃，我只是不明白，為什麼是找史提夫和巴利。」

「你覺得我應該找你？」柯根說。

「賈奇，我想賺這個錢。」吉爾說。

「你一直都想賺錢，」柯根說：「問題是，我只是隨便找人來幹這事，不是專程找他們的，你懂了嗎？」

「懂了。」吉爾說。

「那件事需要兩個人手，」柯根說：「所以我才沒有打電話給你。」

「我可以找另一個傢伙，」吉爾說：「我可以找那個跟我一起賣狗的人。」

「嗯哼，」柯根說：「那好吧，肯尼，下次我需要兩個人手時，我會打電話給你。」

「他應該沒問題的，他很行。」肯尼說：「只不過，我想他現在到別處混了。」

「好的，肯尼，」柯根說：「你記在心裡，碰上我需要兩個人手的時候，我也許會優先打電話給你，只要你能幫我找到另一個人，那樣我就會用你們，行嗎？」

「沒問題，」肯尼說：「我只是在胡思亂想而已，賈奇。」

「那就是你的毛病，肯尼，」柯根說：「不要想東想西，只要照我說的去做，那就沒錯。」

「他知道嗎？」吉爾說。

「不知道，」柯根說：「他應該知道，但很可能不知道。我想他並不知道。」

馬克．闕特曼獨自從龍蝦尾餐廳出來，穿著紅灰線條的塔特索爾格紋外套，兩隻手插在口袋。穿著連帽外套的服務生立刻朝街尾走去。

「混蛋傢伙，」柯根說：「他就是不能有個晚上不找女人。」

「他現在喝東西，是用那種白綠相間的管狀東西喝的。」吉爾說。

「是啊，」柯根把咖啡杯放下，說：「我們那輛車呢？」

「在轉角，」吉爾說：「我以為你說……」

「別管你以為我說了什麼，」柯根說：「快移動你的大屁股，那傢伙要回家了。」

「我不明白。」吉爾說。

「他今晚也不會明白的，」柯根說：「而且是再也沒機會明白了。快點吧，老天，我們今天要做點改變，早點回家。」

那輛黃色的四四二尾隨著闕特曼的棕褐色凱迪拉克，在聯邦大道的西向車道上一連通過了八個綠燈。柯根坐在駕駛座的正後方，雙手一直保持放低，看不到他拿著什麼。

「老天，」吉爾說：「他可真行，他每開到一個路口，燈號就馬上轉成綠燈。」

「他知道速度，」柯根說：「他們設定的時速是十九到二十哩，我猜大概如此。他老是這麼做，老天，他應該是知道要怎麼做。」

「賈奇，」吉爾說：「如果，如果他不停下來，那怎麼辦？」

「那我們就到他家，在他的床上做掉他。」柯根說：「你跟上去就是，肯尼，還有記住我講的，別操那麼多心。只要偶爾變換一下車道，一切就沒問題。」

開到長坡地的猶太教堂那裡，那輛凱迪拉克切換到右車道。快到栗子山街的十字路口時，剎車燈亮了起來。交通號誌是紅燈，一列軌道電車通過十字路後，向西轉入大湖街。

「到中間車道，肯尼，」柯根說：「這個路段是三線道，換到中間車道。」他在後座挺直起來，傾身靠到右邊乘客座，用左手搖下車窗。

這輛四四二迅速由左後方靠近那輛凱迪拉克。

「開到他旁邊去，」柯根說：「穩穩的開。」

交通號誌仍是紅燈，附近沒有其他車。栗子山街的交通號誌轉黃了。

「開到他的車子旁邊，」柯根說：「然後稍微超前，讓我的右車窗正對著他，肯尼。做得好。」

吉爾將車停住，右後車窗正對著凱迪拉克的駕駛座，車裡的闞特曼看起來懶懶的，他又看向紅綠燈。

柯根將三〇—〇六口徑的薩維奇半自動步槍從右後車窗伸出去，連續射了五發。第一發擊碎闞特曼的車窗，只見闞特曼傾向右邊，又突然止住。柯根說：「真有你的，馬克，開車還不忘繫上安全帶。」

柯根結束射擊後，凱迪拉克開始向前滑行，闞特曼以某個角度朝乘客座傾倒過去。當吉爾左轉把車開到栗子山街，那輛凱迪拉克一路向右滑行，直到撞上了人行道的路緣，同時間十字路旁的一幢公寓亮起燈來。

13

快六點的時候，羅素從艾靈頓街的地鐵站出來，他提著一個褐色紙袋，從艾靈頓街轉向聖詹姆士街。轉角書報攤的老人正在將一捆《環球報》的包裝繩剪斷，書報攤旁停著一輛淺綠色福特轎車，兩名穿著西裝的男子坐在車裡等著，乘客座的那名男子將頭和左手探出車窗，給了老人零錢。駕駛座的那名男子看著羅素右轉到聖詹姆士街，他右手拿著對講機，說道：「全體注意，第三組通報，他總算出現了。」

羅素穿越馬路時，在路中央停住，等待一輛從班格街駛來的灰狗巴士開進總站。一旁排班的黃色計程車從頭數來的第三輛，車上的司機正對著他的對講機說道：「第四組通報，我看到他了，他在人行道上，正要進入總站。」

淺綠色福特轎車正駛向下一個十字路口，準備右轉到史都華街，然後逆向開到總站後面。

總站內，一名穿著淺藍色制服的保全人員站在樓梯頂端，背對著門，透過大廳玻璃窗反射的映像，注意著出入口的動靜。他的右耳戴著一個小耳機。

羅素從入口進了車站大廳。

那名穿保全制服的男子側向脖子左邊，嘴對著制服上的正方形突起物說話：「第七組通報，全體人員就定位。」

那兩名穿西裝的男子下了淺綠色福特轎車，朝總站東側入口接近。排第三班的計程車司機下車後，往西側入口前去。四名男子從一輛停在站前的藍色道奇波拉勒敞篷車出來，兩名往總站前方移動，剩下的其中一名到總站西側與計程車司機會合，另一名則到東側入口與那兩名西裝男子會合。兩個戴著小耳機的搬運工從行李託運處出來，站在總站後門附近。一名穿白襯衫的售票員從櫃檯緩緩走出來。

羅素停下腳步，讓那名售票員經過他面前，售票員走到候車座椅處喚醒一名睡覺的酒醉男子，攙扶著那人走向東側入口。當羅素背對他們時，那名醉漢便不需要人攙扶了。

羅素走向總站西側的寄物櫃處。

站在樓梯頂端的保全制服男子看著這一切，再次發話道：「第七組通報，全體注意，目標在西側，目標在西側。」

羅素將鑰匙插入第三五二號保管箱，轉了一下。

從淺綠色福特轎車出來的那兩名男子穿過東側入口，進入了總站。

羅素打開保管箱，取出一個用褐色紙包著的盒子，他打開手上的紙袋，放進盒子。他沒有將保管箱鎖上，左手提著紙袋，逕自朝正門走去。

計程車司機從西側入口進入大廳，兩名從託運處出來的男子走到了乘車處。

從道奇波拉勒敞篷車出來的兩個人由正門進入大廳，當羅素朝著他們接近時，那名保全制服男子緩緩轉身離開正門。

兩名穿西裝的男子從背後趕上羅素，一左一右，在距離只剩半步時，他們緊緊的從手肘處架住羅素，羅素的身體被壓著往前屈。

制住羅素右手的男子說：「我們是緝毒組，你被捕了。」他右手拿著鍍鉻的四五自動手槍，用槍口抵住羅素的臉。

羅素左側的那名男子左手拿著手銬，退後半步，繼續架住他的手臂，隨即又將手扭到背後，銬住羅素的左手腕，奪走手提袋。那人又將羅素的右手反扣，銬住了右腕，搜遍羅素全身之後，他搖了搖頭。

持槍男子說道：「老兄，你的舉動他媽的太明顯，說老實話，你他媽的明顯到讓我都緊張了，你是不是忘了把貨放在哪兒或搞丟了鑰匙什麼的。你**有權**保持沉默，你說的任何一句話，都**將會**送上法庭成為他媽的證據，拿來對付你自己。你有權聘請**律師**，如果**雇不起**，我們長期受害的善良納稅人會出錢，由我們找一個最棒、最奸滑的訟棍幫你辯護。我想你還有權利讓你的腦袋接受檢驗看看正不正常，在你這件案子裡，我想你應該那麼做，看看你的腦袋裡是否還裝了別的東西。」

「我要打電話。」羅素說。那兩名幹員扭住他走向門口。

「老兄，警局裡有很好的電話，」那名持槍幹員說：「那是很棒的小機器，你可以打到本州各地，前提是你要懂得怎麼撥號；如果你不懂怎麼撥，我們還可以教你，但要是打長途電話，我們會把費用記在你的帳上。」

「謝了。」羅素說。

「兄弟，不用謝我。」那幹員說：「我想當你接到帳單時，會大吃一驚的，因為你馬上要為這批貨在警局耗一整天。當然啦，除非你在紐約的朋友知道你笨得可以，拿奎寧或什麼的假貨來充數賣給你；反正只要結果好就是好，對吧，老兄？」

「閉嘴。」羅素說。

兩名幹員將羅素帶離了總站，他們走向暗黑夜色中。

「老兄，那可不是你的權利，」那幹員說：「是我的權利。不過我們來個小小的交易，行嗎，老兄？任何時候你想要講話，只要告訴我，我就閉嘴。你只要提一下，那你他媽的就可以發言。」

「去你媽的。」羅素說。

那輛道奇波拉勒在聖詹姆士街來了個大迴轉，駛到總站正門口。

持槍幹員將自動手槍槍口朝羅素的胸肋一頂。「那個，老兄，」他輕聲說道：「可不是我所謂的講話。大家都懂得人在屋簷下，不得不低頭，所以講話都會收斂一點，知道嗎？」羅素不發一語。「還有另外一件事，老兄，」那幹員說：「你不光是笨，而且身上很臭。我想你會被判個二十年加上好好洗個澡，不知道你比較需要哪一個。」

14

「那個蠢蛋，」法蘭基說，他坐在亞瑪多的辦公室裡：「你當然知道他挑了誰來打電話——就是我。只不過他忘了我已經搬走了，所以他打電話去珊蒂那裡，把她從床上挖起來。她氣炸了，她打電話給我，把我狠狠罵了一頓。我回電話給他時，身邊還有馬子，而我當然得報上我的名字，否則他們不讓他聽電話。」

「那真是好極了。」亞瑪多說。

「可不是嗎，」法蘭基說：「噢，我真該感到高興才對，因為我早料到了。他要我去牢裡探視，我說：『噢，是喔，如果我去看你，下半輩子不就會有上百個死條子緊盯著我了。不，謝了。我跟你這個案子毫無關係，而且我告訴過你下場會如何，你就是不聽我的。』

「他問我說：『是你告的密嗎？』」法蘭基說：「『是你這個他媽的混蛋告的密嗎？』

「我說：『羅素，』」法蘭基說：「『不需要有人告密，是你自己洩了底。我問你，我能跟條子說什麼？你回答我呀，嗯？想要怪別人，不如怪你自己吧。』他聽了稍微安靜下來。他問我是否可以將他保出來。我說：『那得看情況。』你知道嗎，他沒留下什麼錢，全都花在他那些貨上頭了，我想他們現在是不可能讓他出來去賣他那些貨。所以，我問：『保釋金是多少？』就像你預料的，他有前科，又被查出有一磅的貨，保釋金要十萬塊。」

「你只拿得出一萬塊。」亞瑪多說。

「好啦，」法蘭基說：「是有一些傢伙，只要你願意替他們辦點事情，他們就會開支票給你，只要五趴的利息，但如果是羅素那樣的傢伙，我懷疑有誰會願意這麼做。而且不管是哪種方式，那都太貴了，更何況，我告訴他說：『你要記住，我才剛從牢裡出來，哪來的那麼多錢？』不可能的，我只說我會替他打電話找人幫忙，但頂多就這樣，條件得由他自己談。我說：『如果你問我的意見，我甚至認為那也行不通。你籌到了一百塊，他們就會把保釋金加倍，變成兩百塊之類的，那些傢伙絕對不會放了你的，想都別想。』

「於是他對我說：」法蘭基說：「『法蘭基，如果我出不來，我會把我們幹的那件事全抖出來。』」

「好傢伙。」亞瑪多說。

「呵，」法蘭基說：「他氣炸了，所以我並不怪他。他要向他們告狀，那又怎樣？

我說：『羅素，清醒點，行嗎？你要是把我扯進來，我也會把你告訴我的全供出來，像是唆使羊屁精去偷別的貨，還有偷狗，以及跟肯尼用他那輛車詐取保險金之類的。所以別給我來這招。』他會沒事的，只不過他要坐很久的牢，所以你也不能怪他。我問了一個傢伙，據他推測，羅素大概要坐個八到十年的牢。也就是說，他們可能會威脅他，這樣的案子會被判個十五年，也許還會更久。

「我說那些條子，他們真是可惡。」法蘭基說：「跟我談過的那傢伙說，他們會一下子從四面八方跑出來抓你。然後他們會告訴你，你什麼都不必跟他們說，但那當然無法阻止他們對你說一堆屁話。他們會把你扔到紐約，那通常會花三到四個小時，在你見到法官之前，那段時間他們會不斷對你**囉唆**。我認為他們先在身上藏了錄音機，然後對你說什麼：『老兄你這下完了，你會被關進牢裡，再也出不來。你會瘋了，就是這樣。我們知道這件案子還有共犯，你最好老實招了。』所以，他在打電話給我的時候，可能已經嚇得屁滾尿流。所以我對他說：『羅素，告訴你吧，我會幫你找個律師，我所能做的只有這個。』」

「他媽的律師能怎麼幫他？」亞瑪多說。

「律師會幫我的忙，」法蘭基說：「他會撇清羅素跟我的關係。羅素想找邁克．辛那。」

「我懷疑你請得動邁克，」亞瑪多說：「我也懷疑邁克會接這個案子。」

「噢，老天，」法蘭基說：「我當然不會幫他找邁克。我請不起邁克，也無法找他來幫我，而且，邁克也幫不了他。那傢伙孤立無援，還人贓俱獲，找邁克來又能怎樣？把這案子變不見？羅素真正需要的是個魔術師。所以，我會為他找鐸比。」

「我不認識鐸比。」亞瑪多說。

「你當然不認識，因為你從不碰毒品。」法蘭基說：「當他們逮到你持有毒品，你就去找鐸比，費用不超過一千，他就會為你打點好一切，跟其他人做得一樣好。條子全都認識他，收費也很便宜，任何好律師能夠為羅素做的，鐸比也都能做，而且不會大發脾氣，還要當事人向警方供出所有他曉得的人名。

「再加上，」法蘭基說：「有幾件事是鐸比絕對不會做的，那些對我有利，因為我猜羅素還會有其他要求。」

「有人幹掉了那傢伙，他怕會捲入其中。」亞瑪多說。

「沒錯，」法蘭基說：「因此，好吧，我是個混蛋，可是羅素也拿我沒輒——鐸比這麼告訴我——而我也不會親自到牢裡看他。」

「他在哪裡？」亞瑪多說。

「查爾斯街。」法蘭基說。

「那你會聽到很多謠言。」亞瑪多說。

「我倒不反對聽到那些，」法蘭基說：「你聽到了，總還是能說，哦，那又怎樣，我才不會跑去幹我所聽到的那種事。沒事的，如果有人問我，我想，我會告訴他一些事吧，但是你知道嗎，我才不想那麼做。我喜歡羅素，他對我還不錯，而且我告訴過他，不要做這件事。但是他媽的，那個羊屁精聽了他的吩咐，跑去偷了四磅的普魯卡因[1]之類的東西，我猜想會有個夠精明的條子，開始懷疑誰會需要好幾磅那種玩意兒，而那正是羅素現在的遭遇。羊屁精不會幫什麼忙的。再說，我又算哪根蔥？我不過是個小角色，沒什麼人脈。」

「我知道闞特曼大概認識幾個傢伙，但是，那又如何？」亞瑪多說。

「那個可憐蟲。」法蘭基說。

「呃，」亞瑪多說：「我是說，你沒法料到會發生那件事。」

「那當然，」法蘭基說：「但是你知道嗎，那件事還沒發生時，羅素告訴了我他跟肯尼談的那些事，把我嚇得半死，那是不應該發生的。我還以為被幹掉的人會是我。但是那並不表示……呃，對，我很高興是發生在闞特曼身上。但是，你知道嗎，我還是希望他沒出事，那不必要。就像羅素，我知道羅素準會出事的，我告訴過他。他媽的，我知道這傢伙準會如此，但我也幫不了他，我又不認識什麼大人物。」

「他在賭自己的運氣。」亞瑪多說。

「沒錯，」法蘭基說：「現在他要坐牢了。你在碰運氣，我也在碰運氣，我們早晚要幹這件事，可能他們這次也抓不到我們。但是我一直在想這件事，假設是我和狄恩進去那個地方，突然之間被條子包圍住了，我該打電話給誰？我要打電話給誰，才不會碰上像我對羅素說的那種屁話？你知道羅素為什麼要打電話給我嗎？因為，除了我之外，他又能打電話給誰？那是同樣的道理，如果我們當場被抓，狄恩會打電話給珊蒂，而我呢？叫狄恩要她幫我也請個律師？我也不能打電話給你，拜託幫幫忙，他們就等著我那麼做。你和我都沒有朋友，你看看，你、我，還有羅素的處境是一模一樣，差只差在他現在進去了，而我們還沒。」

「噢，老天，」亞瑪多說：「我是說，這件事完全是你的主意。這可不是我在外面晃，撞見你在動手幹這一票。該死，你要是害怕，那就算了，我也不會生氣。我才剛跑去那裡，做了你希望我做的事。我用不著投資這件事，昨天我一個人贏了將近四千，不做這件事我也活得下去。」

「這次你總算贏了。」法蘭基說。

---

1 procaine，一種局部麻醉劑。

「是啊，」亞瑪多說：「我相當喜歡玩這個。這星期一剛開始的時候，我甚至要破產了，然後星期四贏了一千五左右，再來是昨晚，押尼克隊贏了兩千五。尼克隊這回會拿總冠軍。」

「是啊。」法蘭基說：「約翰，你告訴我今年冬天會下雪，我想下注賭它不會，你知道嗎？」

「只要你能贏就好。」亞瑪多說：「我在想，等我事情忙完後再去下注，一定會大贏一場。」

「我想，我永遠不會開這個葷。」法蘭基說：「我還是專注在我有把握的事情上吧。」

「哦，」亞瑪多說：「那是什麼事？」

「那裡看起來怎樣？」法蘭基說。

「我覺得很理想，」亞瑪多說：「那裡不錯，而且很暗，屋後的空地填了土加高，還種很多樹跟灌木叢。你若是從屋頂進入，那上面有招牌可以掩護。前面是磚造的，那不礙事，後面是空心磚，屋頂又是平的，用的是某種廉價建材，質地看起來像柏油路面，要是我，會選從屋頂進去。那地方一旁是雜貨店，另一旁是眼鏡行，你可以從那裡進入，但我不會，我會選屋頂。白天那裡的警衛是東北保全派來的傻瓜，連波士頓花園廣場的曲棍球都沒去看過。至於條子，我還沒有留意條子。東北保全通常每二、三個小時會來巡邏一次，因為他們雇不起人。但是如果你不想幹，那也沒問題。」

「約翰，」法蘭基說：「不是這麼回事了，我一直試著告訴你這個。不會有這次，也不會有下次了，這事讓我感到毛毛的。唉，總之就是，狗屎，我不知道是怎麼回事。但是，你知道嗎，我不喜歡被人跟蹤。我不管他們是為誰辦事，我就是不喜歡有人一直在我背後鬼鬼祟祟。」

15

那個黑妞長得高高瘦瘦的，正弓起背脊，雙手伸到背後扣上胸罩。

「你是說第一個？」米齊說：「她還不錯，不算好也不算壞，還不錯就是了；不過，她好像太過來去匆匆了。」

「喔，」柯根說：「可能通知她來的時間太倉促了。」

那黑妞調整了罩杯裡的胸形，然後走過杏黃色地毯，來到柯根的椅子後面，用左手腕碰了一下他的右肩。「甜心，我的衣服，」她說：「被你坐住了。」柯根也沒轉頭，逕自將身體往前挪。黑妞拉出他屁股底下的白洋裝，從頭上罩下來，雙腳岔開站在地毯上。

「他媽的，」米齊說：「不是那個問題。這跟其他事情都一樣，現在都沒有人能夠把事情做好。」

柯根笑了起來。

「我是說真的。」米齊說，他拿起放在椅子旁茶几上的酒杯。「喝完了，」他看著杯子，說：「你要來一杯嗎？」

「現在喝酒嫌太早。」柯根說。

「早？」米齊穿著汗衫和短褲，站起身來說：「都過中午了。」

「還是太早了，」柯根說：「不過你要喝的話，請自便。」

「我是要喝。」米齊說，他走進浴室。

黑妞再次弓著背，要拉洋裝的拉鍊。「甜心，」她繞到柯根面前，背對著他說：「幫我拉拉鍊好嗎？」

「不好。」柯根說。

米齊扭開浴室裡的水龍頭。「打炮跟其他事情並沒有不同。」他說。

「你這個壞蛋，」她挺直身體，轉身面對柯根說：「我以為你是開玩笑。」

「我從不開玩笑。」柯根把頭往浴室的方向一點，說：「妳去勾引他吧。」

米齊從浴室出來，杯子裝滿對了水的蘇格蘭威士忌。「現在的人做事情都滿不在乎，」他說：「你找人辦事情，也願意付他們酬勞，他們答應說好，結果事情只做一半。」

黑妞背對著米齊。「甜心，幫我拉拉鍊，」她說：「你這位貴客不肯幫我拉。」

米齊為她拉上拉鍊。「但是我絕對敢跟你打賭，就算事情只做一半，他們還是要跟你收全部的錢。不是半價，沒那回事，是全部的錢。」他回到椅子上，啜著杯中物，說：「只做半套，氣死我了。」

黑妞坐在床上，穿起她的紅鞋。

「對一個三天兩頭為自己開派對的傢伙而言，」柯根說：「你的牢騷未免太多了。」

「錢是我付的，」米齊說：「我付了錢，愛怎麼發牢騷都可以。你認識那個叫波麗的女人嗎？」

黑妞站了起來，將洋裝拉順，看向米齊。「甜心——」

「在五斗櫃上面。」米齊喝了一口酒，說：「皮夾子在五斗櫃上面。」

黑妞扭著屁股走向房間的另一頭。

「波麗誰都認識。」柯根說。

「你找來的那個女人也這麼說。」米齊說。

黑妞拿起了皮夾。

「那裡頭有一百七十三塊，」米齊說：「等我再看到時，那裡頭必須還有一百四十八塊，懂嗎？」

「**好吧**。」她取出現金，數了數，把一些放回去。她放下皮夾，在五斗櫃上拿起亮紅色肩背包，打開後把錢放進去。「沒有小費嗎，甜心？」她說。

「沒有小費。」米齊說。

「你知道的，甜心，」她說：「我必須把錢全部交給我的男人，小姐們自己有時候需要一些花費的。」

「沒有小費。」米齊說。

「你還真是刻薄。」柯根說。

「去她的，」米齊又喝了一口酒，說：「現在是下午，她是來賺外快的。對吧，**甜心**？」

「這比在辦公室做分類歸檔要好多了。」黑妞說。

「我不知道那是什麼，」米齊說：「我沒做過什麼歸檔的工作。」

黑妞走向房門口。「呃，」她說：「有時候出來賺並沒有比坐辦公桌**更好**，不過**大部分**時候是比較好。你知道，有時候碰到了老傢伙，很快就完事了。」說完她才打開房門。

「妳知道嗎，甜心，」米齊說：「憑妳剛說的那幾句話，就很可能會讓妳接的混蛋老頭，在妳身上劃個幾刀，這樣妳就爽了。」

「老天，」黑妞在門口說：「**不知道**耶，你想我會有**高潮**嗎？」

「如果妳能高潮，也許會有，」米齊說：「但我想妳八成不會。」

「操你媽的。」黑妞說完，把門關上。

「她到這裡的時候，」米齊說：「我心裡還真的是想操她。老天，你們波士頓還真有些古怪的婊子。剛才不是說到波麗嗎？她也是這樣，不做別的，只吹喇叭。我對她說：『幫幫忙好不好，我想要打炮，妳不就是幹這個的嗎？』」

「不，才不是那樣，」柯根說：「你隨便找個人問，他們都會跟你這麼說，問我也是一樣。」

「但是你之前並沒有說。」米齊說。

「呃，你沒問我。」柯根說「她不是我找來的。我找來的那個女人，她還可以吧，我想？那傢伙說她還不錯的。」

「只吹喇叭，不做別的，」米齊說：「這我怎麼能接受。我對她說：『妳這是什麼意思，什麼叫做只能吹喇叭？我就是想打炮，到底是誰付錢給誰？』總之沒得談，你可以摸她，可以把手指頭伸進去，但就是不能上她。拜託喔，就只有他媽的吹喇叭。」

「她吹的技術想必不錯。」柯根說。

「當你想打炮時，」米齊說：「就沒有喇叭吹得好這回事。她告訴我，有人花二、三百塊包她一晚，就為了她的嘴上功夫，是這樣嗎？」

「我想那是以前。」柯根說。

「可不是嗎，」米齊說：「好吧，你知道我怎麼想嗎？我想你們全都是笨蛋，那麼簡單就讓這些妞草草了事走人。」

「她怕染上淋病吧。」柯根說。

「是噢，」米齊說：「唉，好吧。幹這一行的，我覺得你不應該這麼說話，不過我反正是討不了她的便宜。我敢說，她是不會跟任何人上床的，乖乖，她牙齒都開始掉了。她嘴上功夫也許算得上世界一流，但對我來說沒個鳥用。你知道嗎？我告訴你一件事，」米齊喝完了手上的酒。「在離開佛羅里達之後，我就沒再遇到一個真正的好貨色。」

「你在那裡找了一個女人，長得相當漂亮。」柯根說。

「是桑妮，」米齊說：「那女人叫做桑妮。我猜我離開之後，你也上了她。」

「米齊，」柯根說：「那天晚上我跟迪隆去那裡時，她是跟你在一起的。等我們離開時，你還在那裡，她不是還跟你在一起嗎？你在那裡待了多久？」

「三個星期。」米齊說。

「三個星期，」柯根說：「而我只待了五天，還是中途才過去的，我他媽的要怎麼上她？」

「我不知道，」米齊拿起酒杯，說：「又喝完了。」他站起身。「你真的不跟我喝一杯？」

「時間還太早。」柯根說。

米齊走進了浴室，柯根聽到冰塊放進玻璃杯的聲音，沒聽到水龍頭的水聲。「那就是山米幹了她。」米齊在浴室裡說。

「那個從底特律來的，」柯根說：「長得不錯的義大利佬。」

「山米是猶太人。」米齊說。

「噢，」柯根說：「我沒別的意思。」

「沒事，」米齊說：「他長得是像義大利佬，我也希望他是，但他是猶太人。我認識他這麼多年，他還在幹這碼子事，這狗娘養的。」

柯根聽到浴室裡水龍頭打開了，隨後米齊出來，拿著那杯對了水的蘇格蘭威士忌，用左手背抹了一下嘴。「那是我犯的錯，真蠢，」他說：「那天晚上我離開之前，正吃飯的時候他來了，我介紹他們彼此認識什麼的。我不知道我幹嘛如此介意，你懂嗎？」

「我不懂。」柯根說。

米齊坐下來，把酒杯放在茶几上。「我是說，我後來懂了。當我在那裡，她是跟我在一起。等我走了，而你在那裡，她就跟你在一起。」

「她沒有跟我在一起。」柯根說。

「我不是指你，」米齊說：「而是指任何一個人，誰在那裡，她就跟誰在一起。你走了，她也離開你了。」

「喔。」柯根說。

「曉得了嗎，」米齊說：「我就是這個意思。我很清楚的。我給了她錢，呃，那是去年我在那裡的時候，待了兩個星期——不，是三個星期？不管了，那一共是幾個晚上？」

「二十一個。」柯根說。

「不是，」米齊說：「啊，管他的，反正我把她包下來，一共十四個晚上，你知道總共花了多少？三千塊。」

「喂，我不得不說，」柯根說：「我可不會在任何一個女人身上花三千塊，不管她有什麼本事，總之我不會花這種錢。」

「我可不在乎，」米齊說：「那時候我還在工會，那些傢伙都有工作做，因此他們一直對我很好，又沒遇上罷工滋事什麼的，這樣你懂我的意思嗎？沒錯，是花了不少錢，但我不在乎，我又不是愛上了那個女人，對吧？不過就只是我人在那裡的時候，給了她那些錢。」

「話雖如此，她還是很漂亮。」柯根說。

「的確。」米奇說：「那個混蛋山米。你那晚看到桑妮時，她身上穿什麼衣服？」

「老實說，」柯根說：「我沒有留意她底下穿什麼，上面又穿什麼，好像是黃色的什麼吧，挺有看頭的。」

「的確很有看頭。」米齊說：「那晚山米來了，對吧？桑妮穿了件灰色衣服，像是絲的質料，露出整個背部，還有那對豐滿的巨乳，她的確很有料，我當時一股慾火直衝上來，為了上她，要我打倒五個傢伙也沒問題，而且之後的晚上我都跟她在一起，對吧？然後山米來了，我介紹他們認識，後來我待在那裡多久，他又待在那裡多久，我沒怎麼留意。我們喝了些酒，我要他坐下來，接著不久我去上了洗手間，在裡面待了很久，因為老二翹得很高，我幾乎得要倒立站著，才能尿進小便斗，而不是射進自己嘴裡，所以你知道，我真的要很小心。老二脹得那麼大，我無法視而不見，我想我的包皮已經往後褪到都看不見了。她真的很行，我是說桑妮那方面很行，如果桑妮不能讓你起立致敬，那你的老二大概是完了。但那是最後一次，她也不用刻意挑起我的性欲，因為我幾乎隨時都要射了，我怎麼能忍到吃完晚餐呢。兄弟，我不在乎你怎麼說，但你知道嗎，我已經看盡那地方各式各樣女人的屁股。」

「你這星期就看了很多，」柯根說：「你到這裡，呃，才三天，我就聽說大部分波士頓女人的屁股你都看過了。」

「我喜歡女人，」米齊說：「如此而已。我喜歡女人。你知道嗎，這就像是一種癖好，我待在家裡時，什麼都不碰，不碰這類的事，所以我會去賽馬場，一年去一次賽馬場，然後找女人打炮。只不過今年，我可能不會去賽馬場了。」

「我想我是沒辦法，」柯根說：「我會虛脫到不行。你啊，我想你的身體大概還行，我不會這樣，沒辦法一連三天都在打炮，我辦不到。」

「我在你這個年齡時，」米齊說：「完全是一模一樣的感覺。」

「那當然，」柯根說：「我有工作要做。」

米齊喝口酒。「我以前也有同樣的想法，」他說：「後來，不知道是**什麼時候**，也不知道**怎麼**發生的，我就開始這麼做了。我跑去應召站，這輩子頭一次去那裡，就住了套房。我那時跟瑪姬處得很不好，她知道以後，給了我很大的排頭，你要是問她，她會告訴你，因為我跑去那裡，她才開始喝悶酒。唉，我跟她的事不外就是這些。但是我可以告訴你，你想要玩女人屁股，那就去弄一個，天下最棒的屁股莫過於年輕猶太婊子的。」

「我會牢記在心。」柯根說。

「那個女人，」米齊說：「她住在歐柏林，本來好像在念大學吧？但是她休學了，你知道那是怎麼回事嗎？」他喝口酒。

「你要保重，」柯根說：「明天或後天晚上行吧？」

「我現在很好，沒事，」米齊說：「老天，不要管我，行嗎？嗯，她休學了，並且當起應召女郎。你知道嗎，現在，現在如果你遇上那樣的馬子，她們的功夫可真是不錯，你知道嗎？因為這是生意，所以她們很了解打炮的技巧，而桑妮這馬子，年紀不到我老婆的一半，卻很懂得床笫之間的招式，如果瑪姬知道這些，一定會跑到警察局自首說自己有罪，她真的會這樣做。

「所以，我回到了飯廳，」米齊說：「我終於尿掉了那杯酒，而不是把尿射在自己臉上。當時他們兩個都在飯廳，山米一直非常有禮貌，最後他終於走了，然後我們把飯吃完，我心想他媽的上帝，我老二脹到可以在房間裡撐竿跳了，然後我們就到床上去。我想告訴你的是，三千塊並不便宜，我不管你明不明白，但這他媽的真的很貴，可是很值得，憑良心講真的很值得。我花三千塊包下她，但光是那一晚，就值得全部的錢。只不過，我當然沒**告訴**她。」

「米齊……」柯根說。

「所以隔天我起床時，」米齊說：「老二也起床了，但是我要趕搭十二點半的飛機，只能速戰速決。跟桑妮來個快動作，還強過跟別的女人來場全套服務的九倍。事後我到樓下洗了個蒸汽浴，洗完回到樓上之後，付了她尾款。你知道，剛到的時候你要先付一半，等結束時再給另一半。於是我告訴她，我真的很感激，因為我了解她剛剛那麼做，可能已經耽誤到她下位客人的時間。但是她告訴我，她並不是做全職的，她說：『還好啦。』所以沒什麼問題，我把錢給了她，於是她就走了。呃，她接下來就是陪山米兩個星期，他用四千塊包下她——那個賤胚。」

「你聽我說，」柯根說：「這裡結束後，我要去見一個小子。我想我找到了一個傢伙，可以帶你到處走走。」

「我不能去外面。」米齊說。

「我說的不是去哪裡混，」柯根說：「你來這裡是要做事的，我指的是這個。我要去跟他談，如果談得滿意，他可以自己做點事，不用老是跟在他哥哥的屁股後面，我打算帶他來這裡，跟你談談。」

「我沒有問題。」米齊說。

「很好，」柯根說：「聽你這麼說，我很高興。只不過，這對我來說並不是沒問題，因為你無法今天晚上就動手，而我不想讓這個小子有時間東想西想，拖太久他會跑去告訴他哥哥。」

「好吧，」米齊說：「他人在哪裡？把他帶來，我們把那傢伙的事情搞定。」

「你啊，」柯根說：「我告訴你該怎麼做，好嗎？你必須去睡一覺。」

「我又不累。」米齊說。

「在我看來，你是累翻了，」柯根說：「你就去睡個大頭覺。還有，現在是下午兩點半，我七點半會打電話來——我最好可以把你叫醒，如果叫不醒，我想我會打電話給我認識的條子，他們會帶你去你應該待地方。」

「好啦。」米齊說。

「別再召女人過來，」柯根說：「別再喝酒，別再胡搞。你去洗個澡，上床睡覺，我會叫你起床，把你要去的地方告訴你，行嗎？」

「我才不要聽你這個爛人的使喚。」米齊說。

16

銀色龍捲風的司機將車熄了火，等候柯根跨越劍橋克羅寧地鐵站後方的市內電車鐵軌。柯根上車後，那司機說道：「你知道，我不喜歡麻煩別人，不過你若能開始用電話談事情，我的生活會變得方便許多。他們現在已經開辦投幣式公用電話，任何人都能使用。我可以給你兩、三個在普羅維登斯的投幣公用電話號碼，你如果有事情找我談，只要打電話給我就行了。每次一有什麼動靜，我就要來回奔波照顧，實在很吃不消。我老婆跟孩子都病了，事務所的業務一團亂，而你還嫌不夠，上個星期六又要找我長談，我只好放棄果嶺上的九個洞，跑來這裡跟你一談。我最近好像一再取消約會，只為了開車到這裡跟你談話。」

「亞伯特，你應該去跟那個人談，」柯根說：「在我聽起來，你這種人應該獲得加薪。你要他跟我聯絡，我會為你美言幾句。」

「你真好心，」那司機說：「好吧，既然我來了，咱們來談談最近的壞消息，現在又有什麼事搞砸了？」

「呃，」柯根說：「我們似乎碰上了一個小問題。」

「我們不應該再有任何小問題才對，再小的問題都不該有。」那司機說：「我已經跟他談過，我們也辦到了你所要求的事，所以不應該再有問題，不管多大多小的問題都是。說說看你之前提的要求，有哪件是我們沒接受的。」

「是沒有，」柯根說：「只不過，有幾件事情我不太確定。」

「說來聽聽。」那司機說。

「米齊，他沒辦法幹了。」柯根說：「本來今晚的事我都幫他安排好了。我知道亞瑪多會在哪裡，也很有把握在天黑之前查出那小子之後的行蹤，至少亞瑪多的部分沒問題了。情況順利的話，還可以兩個一起解決，最起碼幹掉松鼠，反正他最大尾。但是米齊卻沒辦法做。」

「是你要找他的，」那司機說：「你和迪隆都希望找他來。你說你不能幹，當然迪隆也不行，所以我們答應你的要求，把人找來。」

「我提出要求時，」柯根說：「並不知道會是現在這種情況，懂嗎？我所要的米齊，是一年前，或是兩、三年前的那個米齊。他現在成了他媽的廢物。」

「他是怎麼回事？」那司機說。

「一開始我聽到的，」柯根說：「是他在馬里蘭州出了事。他變得想做又不敢，因為他怕若是做了，他老婆就會跟他一刀兩斷。據他告訴我的情況是，不管他老婆的態度如何，他已經不知道自己是否樂於幹這些事了。」

「我聽不出這跟我們的事有什麼相干。」那司機說。

「一開始也看不出來，」柯根說：「只知道若是未經允許，他除了馬里蘭州之外，哪裡都不能去，當然也不能來這裡，所以他很忌諱外出，一直待在飯店的客房裡。因為光是來到這裡，他們就可以把他送進牢裡。

「總之，」柯根說：「他就一直待在飯店裡，然後只要是會動的他都想上。」

「他這麼說過，」那司機說：「就在我告訴他你要找米齊時，他說找他沒問題，但最好是那傢伙待在這裡的期間，能把他一直鎖在廁所裡。好啦，現在是怎樣？他不肯出來嗎？」

「我們若要他出來，他會的，但我認為我們不能這麼做。」柯根說：「他才剛下飛機，就要我幫他找女人，那時我想，那他媽的干我什麼事？他既然要個女人，那好，我打電話給一個傢伙，要那傢伙幫他安排。好傢伙，他竟然要那個女人再幫他找其他女人，而且不能是從勞倫斯來的婊子。那些女人認識不少傢伙，一旦說了出去，大家就都知道他人在城裡了，那樣對我們可沒有好處。我這回找的那個小子，我要求他安排一個剛出道、什麼條子都不認識的婊子，但米齊自己又找了波麗來，他告訴我，在這一帶混的傢伙沒有一個不認識波麗，然後他這傻瓜居然跟波麗鬧翻了，真是見鬼了，波麗跟條子可是有來往的。」

「他腦子壞了不成？」那司機說。

「我想，」柯根說：「我是這麼想，一個人對這種屁事的忍耐也是有限度的，而米齊所做的超出了這個界線。我去見他時，他正在狂喝酒，我跟他說了一些事，他告訴我說，在他飛過來之前所發生的鳥事把他嚇壞了，搞得他整晚失眠，一定要喝酒才睡得著。總之，我看得出他有不少煩心事，我想乾脆讓這傢伙隨心所欲，做他想做的事吧。

「噢，」柯根說：「我講的還是三天前，這三天以來，他若不是跟女人幹那檔子事，就是在喝酒。今天我從他那裡離開時，他已經喝醉了。下午兩點半，他才跟另一個自己找來的應召女吵過嘴，而且還醉到記不清哪一年發生了什麼事。我的老天，我因此狠狠數落了他一頓，因為他現在應該要穿上褲子出門幹正事了。這傢伙就是不肯安分點。」

「你跟迪隆談過了嗎？」那司機說：「迪隆好些了沒有，可以跟人談話了？」

「他告訴我，他昨天出去散了步，」柯根說：「感覺好多了，昨晚好好吃了一餐，也看了電視。沒錯，迪隆的想法跟我相同，如果我們不想點辦法，那傢伙會把整件事情搞砸。他會找另一個女人上門，再開一瓶酒，而且就算他玩過的那些女人沒有把話傳出去，下一個女人也會。我們昨天就該把那傢伙弄走才對。」

「好吧，」那司機說：「人是你請來的，你把他請走吧。」

「他不會肯的，」柯根說：「他想錢想得要命，說他很需要錢，又丟了工作什麼的。如果我開口要他走，他不會肯的。我想他不會做我交代他的任何事，除非他喝醉了，想不出還有什麼別的可做——這種情況倒是很可能發生。」

「我今天不能跟他聯絡。」那司機說。

「那不是我的意思，」柯根說：「我有個想法：讓條子抓他走。」

「擺他一道，」那司機說：「他不會掀你的底嗎？」

「如果他認為是我幹的，就可能會。」柯根說：「但是我想的是，我認識一個傢伙，他旗下有一個女人很擅長設計男人，她會跟那些男人真的幹起架來，然後讓自己挨拳頭，以便有理由在條子來之前就先離開。我想，就把那女人找去他那裡。你知道，我告訴過他別再找女人，他有正事要做，可是他醉成那個樣子，不會記得是不是自己要人找那個女的來；況且就算不是他找的，他也會要了她。他住的那個飯店不會監視客人的行動，但那兒是個高級場所，他們可不願意妓女在飯店裡頭鬧事，所以他會因此被抓，他之前的保釋很快就會被撤銷，他就得到牢裡蹲。」

「那麼做對他有點狠。」那司機說。

「也不盡然，」柯根說：「老實說，我認為這樣對他最好。他再這麼下去，會害死自己的，到了牢裡，就沒有酒來殘害他的生命，而且如果他去坐了牢，也就不會連累我們了。」

「我想應該讓他告訴米齊那邊的人。」那司機說。

「亞伯特，」柯根說：「那些人怎麼會知道這件事？」

「噢，」亞伯特說：「我想，我可以跟他說。」

「如果你要這麼做的話，」柯根說：「就讓他自己下定決心吧。」

「好，」那司機說：「那就這麼做吧。剩下就是亞瑪多的問題。」

「我想到了一個點子，」我說：「我認為我自己就可以搞定他。」

「我以為你沒辦法做，」那司機說：「他不是認識你？」

「他的確認識我，」柯根說：「也認識那小子，就是他唆使去砸場子的其中一個。因此我賭那小子知道亞瑪多的行蹤，好比說接下來的幾個晚上他人會在哪裡。」

「那小子會乖乖聽你的嗎？」那司機說。

「我在等你的意見，」柯根說：「我才剛開始思考這個點子。沒錯，我想我知道怎麼做了。」

「不會波及到他吧？」那司機說。

「噢，」柯根說：「這點是無法預料的。」

「喂，這很嚴重喔。」那司機說：「這是個嚴重的問題。」

柯根注視著那司機。「暫時沒事，」他說：「也許不會太久，但暫時沒事。你去告訴那個人吧。」

17

向晚的午後，法蘭基坐在卡納比街第一家酒吧的樓下，他靠在高腳曲木椅上，看著幾個女服務生趁著空檔在聊天，直到有顧客上門。

柯根將那件起了毛球的麂皮外套掛在牆上的掛鉤，來到法蘭基身邊坐下，向酒保點了杯啤酒。

「海尼根？」酒保問道。

「好。」柯根說。

「瓶裝還是生啤酒？」酒保又問。

「隨便，」柯根說：「生啤酒好了。」

「他們老愛問這個。」法蘭基說。

「聽了很煩，」柯根說：「我本來不想來這兒的，我知道來了就得忍受這種事。」

酒保將一杯浮滿泡沫的啤酒放在柯根面前。

「我倒是願意來。」法蘭基說：「這傢伙，不知道他是怎麼辦到的，能找到全波士頓身材最辣的女孩來這裡上班，搞得我每天都來。」

「我知道。」柯根說。

法蘭基看著他。「我沒在這裡看過你，」他說：「我不認識你。」

「我沒說你認識我，」柯根說：「認識我的人很少，我只是個普通人而已，這輩子還沒有來過這裡。」

「那你為什麼今天會來？」法蘭基說。

「來找你，」柯根說：「我到處在找你。有個傢伙告訴我，說你告訴他你常來這裡，大約都是這時候來，想看看自己有沒有勇氣找女孩子搭訕。所以我就來這裡，很簡單吧，嗯？」

「是哪個傢伙告訴你的？」法蘭基說。

「就是一個傢伙，」柯根說：「事實上是你的一個朋友，知道一點你的事，告訴我可以在哪裡找到你。呃，也不是他親口說的，而是他轉述給另一個人，那個人來我那裡，告訴了我。然後我問了那傢伙，就是你那個朋友，因此才知道這裡。」

「我那個朋友是誰？」法蘭基說。

「屈納。」柯根說。

「我沒聽過這個名字。」法蘭基說完，喝掉了啤酒，準備要起身。

柯根把右手搭在法蘭基的右手臂上。「屈納聽到你這麼說，一定會很驚訝，非常的驚訝。」他說：「有人在關心你，你的朋友在關心你，你知道嗎，法蘭基？他們在擔心你，像屈納就是。屈納是真的，他……呃，堅持要我來跟你談一下，真的不騙你。你知道嗎，我也不確定該不該打擾你。聽說你搬家了，是嗎？我跟屈納說：『這樣聽起來他過得很好嘛，我沒有理由去打擾他。』你現在有自己的住處了，是吧，法蘭基？」

「是的。」法蘭基說。

「好像是新罕普夏州南部的哪裡吧。」柯根說。

「你碰巧說對了。」法蘭基說。

「正確的說，是在諾伍德，」柯根說：「你為什麼搬去那裡，是因為那裡有買賣嗎？」

「我不知道。」法蘭基說。

「你何不放輕鬆點，法蘭基，」柯根說：「你也知道，如果屈納要一個人做什麼事，那傢伙就得去做。屈納現在被關在牢裡，必須靠朋友做點好事，幫助他所關心的人。如果屈納要我去找一個人談談，而我沒有去，可得事先知會他一聲，否則事後被他發現，那我可就尷尬了。你也知道屈納是什麼脾氣。」

法蘭基又靠回椅背上。

「再喝杯啤酒，欣賞欣賞那些妞吧。」柯根說：「老天，外面那麼吵，我不知道你怎麼受得了。不過我想，每個人做事情總有各種理由，就像買車也一樣，我了解。」

「是啊。」法蘭基說。

「聽我給你個建議，如何？」柯根說。

法蘭基沒有回答。

「我自己也有一輛車，剛上市就買的，」柯根說：「你的車有引擎蓋入氣口，對吧？」

法蘭基依然沒有回答。

「啊，少來了，」柯根說：「你不是買了輛有伸縮蓬蓋的綠色GTO，別想矇我，行嗎？」

法蘭基點點頭。

「你那輛車接著會出點毛病，」柯根說：「大概再幾個月，等到一月天氣變冷，它就他媽的不會動了。引擎發得動，但是跑不了，你想怎麼做都請自便，但它就是不跑了。等到天氣非常冷，零下七、八度左右的時候，連引擎都發不動。

「我現在告訴你怎麼辦吧，」柯根說：「你必須把入氣口封起來。我的車只有一個入氣口，從中間分隔成兩個孔，但是你的車有兩個獨立的入氣口，所以我打賭還是會有同樣的問題，天氣一冷，你的車就無法預熱。問題就在入氣口，你必須把入氣口封起來。你不封起來，當天氣變冷，你的引擎就沒辦法預熱，除非你有辦法一發動就馬上飆到時速九十哩，但就算辦得到，你也會折損一個他媽的汽缸，事實就是如此。所以我的方法就是用透氣膠帶把入氣口封起來，看起來是醜，但是管用，你懂嗎？用透氣膠帶。」

法蘭基點點頭。

「你懂我的意思吧。」柯根說。

「呃，」法蘭基說：「不，我不懂。」

「你的朋友，」柯根說：「你的朋友都在擔心你，知道嗎？我甚至聽說你身上帶著槍。」

「幹，才沒有！」法蘭基說。

「喔，」柯根說：「那很好，因為，對那個你必須很小心。你，才剛出獄一個月吧？」

「六個星期。」法蘭基說。

「對，」柯根說：「是因為搶劫的事情進去，我沒說錯吧？」

「是啊。」法蘭基說。

「好，這就對了，」柯根說：「你沒帶槍，這才好。你知道那些傢伙都是些怎樣的人，每次有人犯了像你那樣的案子，他們就會把你從頭打量到腳。你認為他們不知道你出來了嗎？」

「我不清楚。」法蘭基說。

「當然啦，」柯根說：「他們拿你沒辦法，因為你並沒有做什麼，我說的對吧？」

「只不過喝杯啤酒，看看漂亮的妞。」法蘭基說。

「是啊，」柯根說：「這麼做並沒有錯，但是，他們還是盯上你了，即使你沒犯案，只要身上帶著傢伙，他們就會再度找你的麻煩。」

「我知道。」法蘭基說。

「嗯，」柯根說：「那很好。這就表示，對關心你的朋友來說，你從進去到現在，一定是有了長進。」

法蘭基看著柯根。「長進什麼？」他說：「我被關進去的那段期間，也夠一條狗從生到死了。」

「呃，」柯根說：「是啊，你說的沒錯。不過，也許光是從你出來到現在，也都有了一些長進。」

「噢，對，」法蘭基說：「我終於打過炮了。」

「那很好，」柯根說：「感覺怎樣？」

「沒那麼好，」法蘭基說：「說老實話，感覺有點爛。我當然找了個從開始曉得打炮就一直搞到現在的女人，也當然從上她開始就全程閉住嘴巴，結果完事後，她卻說我的功夫很爛。不過我還是會繼續打炮，因為我想，那檔子事應該沒有那麼難以理解，其中一定有某種道理，才會有那麼多人喜歡。」

「那就是關鍵。」柯根說，還用他舌頭和牙齒發出嘖嘖作響的聲音。「老天，」他說：「那真是太糟了。如果我早點遇見你就好了，我一聽到屈納傳話過來，就應該立刻來找你。我認識一個傢伙可以在那方面幫你的忙，他真的認識幾個很棒的女人，可惜他已經死了。」

「哦，是嗎？」法蘭基說。

「可不是嗎，真是太可惜了。」柯根說：「可能你在報紙上看到了，幾天前的晚上，他被人斃了。我說的是馬克．闕特曼，他是個好人，一個真正的好人，如果他老兄不算懂得如何泡女人，那就沒有人懂了。」

「他想是必搞了不該搞的女人，我猜。」法蘭基說。

「是啊，」柯根說：「不是這個原因，就是別的。他惹惱了某號人物，那是肯定的。我想，那些被斃了的傢伙，大都是因為他們得罪了某人，然後就出事了。所以這陣子你可要小心，要是你做了一件自己看來很完美的事，自以為沒有問題，但卻毫無理由的把某個人物惹惱了，那你肯定會吃不完兜著走。就說屈納吧，你認識屈納多久了？」

「屈納？」法蘭基說：「大約十年了，我想。」

「呃，」柯根說：「那也夠久了。有一個傢伙，你應該聽過他們是怎麼說屈納的，大約就在一年前左右。」

「我知道。」法蘭基說。

「就是啊，」柯根說：「你既然認識屈納，就應該曉得，那件事不是真的。屈納真是吃錯藥，才會對人談起那些事。但麻煩在於，有個白痴自以為他在進行什麼勾當，於是開始散播屈納的閒話，當然沒有人提出任何質疑，或是做些像樣的明智之舉。他們光是這樣聊來聊去，一個告訴一個，很快就全部聽進屈納的耳朵裡，可是他根本什麼都沒做。

「這下好了，」柯根說：「屈納是個很精明的混蛋，他被關在牢裡，但他知道必須見到某人，而且動作要快，所以他弄了個傳票什麼的，讓他們帶他來這裡，讓他有機會帶話給幾個人，而某人也果真到牢裡見了屈納。於是屈納對那個人說：『你聽好，如果再沒有人出來阻止那些閒言閒語，我就會挨刀子了。但是，我不會坐以待斃，為了自保，我可是會去找某人，把一些事情抖出來，不過我並不是很想那麼做，懂嗎？』於是那個人出面擺平傳言，這樣屈納又沒事了。知道嗎，這就是我的重點，屈納是個精明的混蛋，知道怎樣保護自己。而馬克呢，他玩女人很行，但我認為他根本不懂如何保護自己。」

「要保護自己不容易，」法蘭基說：「你甚至不知道誰會想在背後捅你一刀，這種事相當難。」

「是沒錯，」柯根說：「但事情還有別的可能，還有別的狀況可能發生。就說馬克吧，馬克開設了一個賭局，結果被人砸了，你知道這件事嗎？」

「我想我聽過。」法蘭基說。

「是啊。」柯根說，他喝著啤酒，然後對酒保說：「再給我一杯。」又對法蘭基說：「要不要再來一杯？」

「我想我夠了。」法蘭基說。

「好。」柯根說，他接過另一杯生啤酒，喝了一口。「棒極了，」他抹了一下嘴巴，說：「我總是說，什麼都比不上冰啤酒。呃，對了，闕特曼一直在經營賭局，對吧？他幾時開始做這行，久到大家都不記得了。在這次搶案之前，他以前的場子就被砸過一次了，你知道嗎？」柯根說：「以前的那個場子被砸，其實是馬克自己幹的。」

「也許他又幹了一次。」法蘭基說。

「有一堆閒言閒語到處在傳，就是你說的那樣，」柯根說：「我也親耳聽過一些。那些話讓我非常不爽，因為你了解，馬克也不算是我多麼特別的朋友，我敢賭我這輩子跟他說話的次數不超過一、兩次，所以，他遇上這種麻煩，還輪不到我四處去幫他澄清，為他脫罪。我算哪根蔥？只不過是他認識的一個傢伙而已，人家憑什麼要聽我的？但自從場子又被搶之後，我想我應該那麼做，真的應該做，因為那樣的閒言閒語根本是鬼扯，馬克才不會再幹第二次，他太精明，不會幹那種事的。但你知道嗎，我的重點就在這裡，他必須知道，這些閒言閒語到處在傳，他聽到了一些，就應該精明點，像屈納一樣有所警覺，這你懂嗎？他必須想辦法化解。這樣就不會跑個驢蛋出來為了討好所有人，然後把他給斃了。這世界真他媽的瘋了。

「你明白嗎，法蘭基，」柯根稍稍轉向他，說：「你有屈納和其他朋友在關心你，我認為那就是他們的想法。他們在想，呃，他們甚至不清楚你出來之後有多少長進，但他們覺得你需要有個懂得利害的人來勸一勸你。」

「嗯。」法蘭基說。

「教你知道怎麼保護自己，」柯根說：「你知道，就像我剛才講的，問題並不在於你真的像人家認為的做了什麼事，而是你必須有所警覺，一旦有了什麼跡象，你就必須想辦法提防。」

「嗯。」法蘭基說。

「所以，」柯根低聲說：「明天晚上他會在哪裡？」

「誰？」法蘭基說。

「約翰．亞瑪多，」柯根說：「明天晚上，他會在哪裡？」

「我不知道。」法蘭基說。

「法蘭克，」柯根說：「你要記住我對你說的話，你的朋友在擔心你。你總算去找女人睡過了，那很好，而你的朋友，他們希望你把握機會，你懂我的意思嗎？是你的朋友，他們想要知道松鼠的行蹤。」

「我才頭一次見到你。」法蘭基說。

「新朋友是最好的，」柯根說：「而你另一個朋友，他就靠不住，你懂嗎？你想想之前他是怎麼害你坐牢的，坐了那麼久。你本來可以在外頭坐享豔福，而不是落得灰頭土臉的下場。」

「我根本不知道你他媽的是誰。」法蘭基說。

「認識我的傢伙並不多，」柯根說：「噢，屈納吧，也許，還有，噢，對了，迪隆，迪隆認識我。你，你讓我想起一個十分聰明的傢伙。要不要我打電話給迪隆，讓你跟他講電話，問看看我是誰？我可以告訴你，我這個人沒太多值得一提的，但是你可以問他。你想跟迪隆講電話嗎？」

「不想。」法蘭基說。

「那好吧，」柯根說：「他人會在哪裡？我知道你就算現在不曉得，也許過一會兒就知道。」

「我一點也不清楚，」法蘭基說：「我出獄後只見過約翰三、四次，我不知道他晚上會做什麼，待在家吧，我猜。」

「好吧，」柯根把啤酒喝掉，說：「回頭見了，法蘭基，我的朋友。」他作勢要離開椅子。

「等一下。」法蘭基說。

「有些事情，」柯根說：「有些事情是不能等的。你告訴我說你不知道，那好，我接受。但是我還有事情要做，我得去找個知道這件事的人。」

「知道約翰明晚會去哪裡嗎？」

「還有別的事情吧，我想。」柯根說：「像是明天你會去哪裡之類的。你還會來這裡嗎？在下午三點半過來，喝個四杯啤酒，一直待到吃過晚飯，然後像往常一樣跑去帕格里西那裡，看看有沒有力氣去打個一炮，然後在半夜一點左右回家？或是知道你後天會做些什麼？又或許你打算做點別的事，那大概要花我個兩、三天來了解吧？但那不要緊，只不過你可以幫我省下不少時間，如此而已。」

法蘭基不發一語。

柯根離開了椅子，兩隻手臂搭在椅背上，說：「我說，小子，你必須面對現實，對吧？你必須如此。我認識那傢伙，也知道你的腦袋在想什麼，你認為他是你的朋友，對吧？你現在很可能跟他商量好了要做什麼事，我說的沒錯吧？」

法蘭基沒有回答。

「那無所謂，」柯根說：「我明白你的感受。但是你在想，我敢打賭你認為闕特曼那件事還行得通，對吧？」

法蘭基仍沒有回答。

「那種事情，」柯根說：「讓我告訴你吧，小子，那種事情根本行不通。那些愛動歪腦筋人，你知道吧？譬如像松鼠，他就很了解怎麼取巧抄捷徑，他們才不可能腳踏實地，按部就班把事情完成，賺到該賺的錢。松鼠一直都是那個樣，老是想幹這種不正當的買賣，像他這種人，做的一向都是破壞別人的好事。」

「闕特曼被打死了。」法蘭基說。

「每件事都其來有自，」柯根說：「有的人因為做了某些事被幹掉，有的人則是沒做某些事而被幹掉，但是那都不重要，唯一重要的是，你是不是那個會被幹掉的傢伙，這才是他媽的唯一重要的事。」

法蘭基點點頭。

「而你，」柯根說：「你是少數知道這一點的人，對吧？」

「我不知道。」法蘭基說。

「不，你知道，」柯根說：「你清楚得很。而你，你現在有個選擇，你可以成為被幹掉的對象之一，也可以全身而退。你知道這一點，這只是時間的問題，我的朋友，只是時間的問題，他是頭一個，然後是你，這就是你要面臨的情況。」

法蘭基沒有回答。

「除非你站在有利的位置，」柯根說：「只有極少數的人才有機會站在這種有利的位置，你可以做些改變的。據我所知，站在這種有利位置的人非常少。」

法蘭基沒有回答。

「法蘭克，」柯根說：「希望你別以為我是在跟你鬼扯。」

「喂，」法蘭基說：「你他媽的到底是誰？我這輩子從沒見過你，你卻突然之間跑來告訴我這些，我他媽的怎麼知道什麼是什麼？也許你根本不存在，我什麼都不知道。」

「小伙子，」柯根說：「我很不喜歡看到你這副模樣，屈納說你沒問題，而你卻他媽的拿不定主意。」

「我……」法蘭基說：「老天，我不知道。」

「我來跟你說一個情況，你好好想，行嗎？」柯根說：「你想想，如果我就去華勒斯東找他，就是現在，馬上離開這裡，開車到他那裡，去跟他說：『松鼠，由你來選吧，你，或是法蘭基？』你認為他會多考慮一秒嗎？你想他會嗎？」

「我不知道。」法蘭基說。

「你這個笨蛋，」柯根說：「像你這樣的笨蛋，難怪會去坐牢。**你他媽的笨死了**，連個腦子都沒有。」

「喂，」法蘭基說：「喂，我……」

「我連看都不用看，」柯根說：「瞧吧，我知道現在是什麼情況，我知道該怎麼做，我需要找對人。」

法蘭基的嘴巴囁嚅著，什麼話也沒說。

「如果我找對了人，」柯根說：「附帶一提，我會這麼告訴他們，我會說：『這件事有兩個處理方式。比較困難的方式是，我一併對付他們兩個；另一個方式是，我只對付一個。』為了這個，我花了老大的勁。你知道我是怎麼讓他們同意的嗎？是屈納，屈納說你沒問題。我一直很喜歡屈納，我願意為屈納做點事，也打算這麼做。屈納不希望你被人斃了，很大聲也很肯定的說了，他說你是個不錯的傢伙，很值得來往的那種。那好吧。但是你也知道屈納人在哪裡，他頂多只能跑來這裡講講話，不可能真的幫上什麼忙。」

「他不行。」法蘭基說。

「我可以幫一個人的忙，」柯根說：「我不必那麼做，但我可以。現在你做個選擇吧，小伙子，馬上做選擇。至於我要不要幫屈納的忙，對我並不重要。」

「讓我想想。」法蘭基說。

「不行，沒得想。」柯根說：「要或不要，現在決定。我馬上要走了。」

法蘭基吐出一口大氣。「我不知道，」他說：「我不知道能不能這麼做。」

「你還能做別的？」柯根說。

法蘭基遲疑著。「不能。」他說道。

「好，」柯根說：「就這麼決定。這麼一來，我猜你是懂了。」

「我要怎麼做？」法蘭基說。

「你必須查出他會去哪裡。」柯根說。

「那個我已經知道了，」法蘭基說：「我們……他之前問我打算做什麼，他說要先去某個地方，會再打電話跟我聯絡。我知道他會去哪裡，他有個女人，他之前曾告訴過我。我告訴他我會在家，所以我要待在家裡。」

「你不能待在家裡。」柯根說。

「我不能待在家裡？」柯根說。

「不行。」柯根說。

「那樣的話……」法蘭基說。

「你要跟我一道，」柯根說：「我們一起去他要去的地方。」

「老天，」法蘭基說：「我不能那麼做，他一看到我，那就完了。他會知道出了問題，我不能那麼做。我會告訴你……會告訴你他要去哪裡，這個我會做，但是，他是我的朋友，我不能那麼做。」

「好吧，」柯根說：「好吧，這意思是說，你又做了另一個選擇，我想。」

法蘭基注視著柯根，柯根一動也不動。法蘭基說：「我真的必須那麼做？」

柯根點點頭。

「所有的事？」法蘭基說。

柯根點點頭。

「我必須過去那裡？」

柯根點點頭。

「那不像……」法蘭基說：「不像是只有我才能夠做，而其他人都不行的事，不像是那種事。你一定能找到幾百個人適合做這件事，你並不需要我。」

「你錯了，」柯根把手放在法蘭基的肩上，說：「法蘭克，我並不是不知道你心裡在想什麼。但這件事本身就是個問題，其中有一部分也是你的錯。你犯了個錯，現在你必須做對的事，你必須表現出你了解自己犯了錯，而且你願意把事情改正過來，否則，那些人都知道你犯了錯，對吧？到時候他們會找人來做點事，就像對付闕特曼那樣。闕特曼就是從沒做出對的事。」

法蘭基這下點頭了。

18

法蘭基駕駛的那輛金色德斯特轎車飛快穿過掛有橙黃燈籠的拱門，開進史都華莊園的彎曲車道。這裡的房子都是二層樓建築，一樓有垂直的紅杉板壁，二樓是塗了灰泥的木桁架屋。停車場上停滿了福斯、科邁羅、野馬和梭魚等廠牌的汽車。每一戶人家的門上都有一盞亮著橙色燈泡的壁燈。

「老天爺，」柯根說：「我終於來到了滿是義大利妞的天堂！」

那輛德斯特轎車的小輪胎呼嘯著，法蘭基順著彎道開到第三排公寓背後。「這裡住的都是單身女郎，」他說：「你想打炮就該來這裡住。」

「為了爽一下還得開車來新罕普夏，我可會憋死。」柯根說。

「其實沒那麼遠，」法蘭基說：「我原先也以為很遠，但是強尼有個晚上有事被絆住了，我載那個女的回來這裡，才發現其實不算遠。」

「我覺得很遠，」柯根說：「這證明我的看法沒錯，那傢伙是個爛人。」

「有女人在的地方，他就控制不了。」法蘭基說。他把車開到一處空位，將引擎和車燈熄了。

「他控制不了，」柯根說：「句號。」

「賈奇，」法蘭基說：「他其實不是個壞人，你了解嗎？他一點都不壞。」

柯根在座椅上懶懶的低垂著頭，把麂皮外套往脖子拉攏後，閉上了眼睛。「他們全都是好人，」他說：「沒一個壞的，他們只是愛動歪腦筋，你知道嗎？」

「他一直都對我不錯。」法蘭基說。

「當然囉，」柯根說：「他害你他媽的坐了將近六年的牢。」

「那不是他的錯。」法蘭基說。

「小子，」柯根說：「當有人做了連累了別人的事，害他們進了他媽的監牢，那就是他的錯。這是江湖規矩。」

「那不算他的錯。」法蘭基說。

「那麼這回就不是你的錯了。」柯根說：「如果說之前的事不是他的錯，這回就不是你的錯。」

「他不是故意的。」法蘭基說。

「這跟故不故意沒有關係，」柯根說：「一點關係都沒有。」

一輛藍色的瑞爾諾瓦轎車從他們背後開過去。

「是他們嗎？」柯根說。

「不是，」法蘭基說：「約翰……他開的是里維耶拉。」

「我知道他開什麼車，」柯根說：「我想知道那是不是他們？」

「不是，」法蘭基說：「是的話，我會說。你知道嗎，你誤會他了。坐牢那件事，他比我還慘，因為他還有家人什麼的。」

「他不用再去吃牢飯了。」柯根說。

「那件事他認了，」法蘭基說：「本來他可以怪罪我們所有的人。」

「從某方面而言，」柯根說：「他是那麼做了。」

「他沒有，」法蘭基說：「他沒有說過一句怨言。」

「也許他沒有說過關於你的怨言，」柯根說：「但他還是去找了人。」

「做什麼？」法蘭基說：「找人做什麼？」

「他知道你做事的方法，」柯根說：「他知道你會怎麼做，他都了解。」

「他知道什麼？」法蘭基說。

「你聽說了博士的事嗎？」柯根說。

「是啦，是啦，」法蘭基說：「迪隆說他已經掛了，我知道。」

「你幾時跟迪隆談過話？」柯根說。

「我沒有跟他談過話，」法蘭基說：「是強尼告訴我的，迪隆跟他說博士掛了。」

「他是掛了。」柯根說。

「好吧，」法蘭基說：「你、強尼，還有迪隆，你們一窩子人都說博士掛了，那又怎樣。」

「松鼠說他已經掛了？」柯根說。

「強尼說那是迪隆告訴他的，說博士已經掛了。」法蘭基說。

「那個爛人，」柯根說：「他媽的爛人。」

一輛褐色的福特翼虎從後面經過。

「那也不是他們。」法蘭基說：「你為什麼說他是爛人？」

「因為他心知肚明，」柯根說：「關於博士掛了的這件事，他可清楚得很。」

「他怎麼知道的？」法蘭基說。

「他雇了一個殺手，」柯根說：「花了五千塊雇了一個殺手，取了博士的命。」

「你在**鬼扯**。」法蘭基說。

「他老婆叫什麼名字？」柯根說：「你要我告訴你，好，我來告訴你她的長相和其他的事，她以前常戴又大又圓的金耳環，對吧？嗯，她叫康妮。」

「那又怎樣？」法蘭基說。

「就是這個女人負責送錢的，」柯根說：「用來買博士小命的錢。你想想，如果他不清楚博士被做掉了，會付那筆錢嗎？」

法蘭基沒有回答。

「法蘭克，你知道他為什麼要幹掉博士？」柯根說。

「是的，」法蘭基說：「我知道。」

「那當然，」柯根說：「博士犯了錯，做了他不該做的事，那就是原因。」

「好吧，」法蘭基說：「他的確做了不該做的事。」

「的確如此，」柯根說：「所以他被斃了。」

「這不一樣，」法蘭基說：「這完全是兩碼事。」

一輛紫紅色的蒙地卡羅從德斯特背後開過去。

「當然是同一回事，」柯根說：「博士把事情抖出來，搞得每個人灰頭土臉。而你和松鼠所做的事，也把大家弄得一團亂，你們唯一的差別是，你認為闕特曼會是那個該負責的人。」

一輛紅色的開普利從背後開過去。

「我要說的就是，」柯根說：「你們不能就那樣拍拍屁股走人，闕特曼也是，他以為可以擺脫這件事。」

「他擺脫過一次。」法蘭基說。

「那就是我的意思，」柯根說：「一旦事情再度發生了，你就什麼都擺脫不了。」

古銅色的里維耶拉在背後駛過。

「他來了。」柯根說。

「我不太確定。」法蘭基說。

「喔，你確定得很，」柯根說：「你要是不確定，身體就不會緊張僵硬成這樣。」

他睜大眼睛，注視著那輛里維耶拉開到公寓的後門。

「他會花多久的時間，小伙子？」柯根說。

「我不知道。」法蘭基說。

「好吧，我問得清楚點，」柯根說：「他會在這裡跟那個女的上床，還是到別的地方？」

「那個女的有個室友，」法蘭基說：「他認識一個傢伙在哈維山開汽車旅館。」

「那好，」柯根說：「他只是禮貌性的送那個女的回來。」他看到那輛里維耶拉的車門打開了，那個女的伸出又白又長的腿。亞瑪多從房子的陰影處出現，從車後方繞到車子的另一側，幫那個女的下了車後，把車門關上。

柯根雙手伸向座位下方，拿起一枝五發裝的溫徹斯特半自動霰彈槍，擱在雙腿上，用右手穩穩按住，左手拔下了汽車鑰匙。

「喂，」法蘭基說：「我想，我們可能會遇到狀況，我得緊急發動車子。」

「我知道，」柯根說：「但是這裡很可能一片騷亂，我知道某些傢伙一遇到騷亂，就會立刻發動引擎想溜，留下別人在現場乾瞪眼。」

柯根看著亞瑪多陪那個女的走向公寓門口。

柯根打開乘客座車門，露出用透氣膠帶擋光的車內燈，悄悄的下了車。亞瑪多和那女人位於三十五碼外，在門口擁抱。柯根靠著車身蹲伏著，用左肘支在引擎蓋上，槍托緊緊抵住右肩。

亞瑪多與那女人分開後，只見她用鑰匙開了門，亞瑪多站在門階上等她關上門。她轉身向他招手，只用右手的五指動了動，臉上帶著笑。

亞瑪多也以同樣的手勢對她招手，然後轉身離開。隨後那個女的也上了樓梯，沒了蹤影。

柯根對亞瑪多射出第一槍，霰彈擊中他的下腹部，將他摜向後方的建築物。柯根等亞瑪多勉強站直，進入他的射擊範圍內，才又射出第二槍，霰彈擊中亞瑪多身上較高的位置，稍稍偏於腰帶上方左側，子彈貫穿了他，也把他左方的大門玻璃鑲板打穿。柯根再開第三槍，亞瑪多向後撞在牆壁上，開始委頓倒地。就是那一槍擊中了他的胸部正中央，接近喉嚨根部，炸開了他的胸膛。亞瑪多斜向右側倒臥在小花圃上。

柯根迅速後退，進了車內。他把霰彈槍塞到後座，將汽車鑰匙插進鑰匙孔。「現在快發動引擎吧。」他說。

那輛德斯特火速衝出現場，小型輪胎在彎曲的車道上發出尖銳的響聲。

離開史都華莊園三點五哩後，柯根說：「你開太快了。」

「老天，」法蘭基說：「馬上會有一大堆條子趕來。」他以七十哩的時速奔馳在兩線道的公路上。

「然後你的速度會引得警車往我們這兒追來，」柯根說：「放慢速度。」

「我沒辦法。」法蘭基說。

「小子，」柯根說：「你聽好，開慢一點，行嗎？」

「我沒辦法，」法蘭基說：「我對天發誓，我做不到。」

「小子，」柯根說：「我的車在麻薩諸塞州，距離這裡還有很長一段路，我可不想半途被抓。」

「你想要換手，由你來開？」法蘭基說。

「是的。」柯根說。

在六十四號公路上，法蘭基把車停在路肩，打開駕駛座的車門，迅速下了車，從車後方繞過去。柯根直接從乘客座換到駕駛座，法蘭基進了乘客座。

「好了，」柯根把車開上路，說：「現在要由你去把槍丟掉。」

「沒問題。」

到了麻薩諸塞州安德沃的沙欣河大橋上，柯根把車停住。法蘭基搖下乘客座的車窗，把那枝霰彈槍丟入一片昏暗之中，正要搖上車窗之際。

「等一下。」柯根說。

車窗外傳來一聲「噗通」。

「好了，」柯根重新發動車子，說：「雜草之類的沒辦法除去指紋，水就可以。」

色倫西邊的北岸廣場有個停車場，柯根把德斯特轎車轉了進去。在喬丹・馬許商場後方停著一輛藍色的福特LTD轎車。

「接下來你知道要幹什麼。」柯根說道，把車開向那輛福特LTD。

「知道，」法蘭基說：「我回到我那輛車停放的地方，丟下這輛，然後回家。」

「你就只是丟下這輛車？」柯根說。

「噢，天哪！當然不是，」法蘭基說：「我會徹底把它擦乾淨。」

「你沒問題吧？」柯根說。

「**沒問題**。」法蘭基說。

「再說一次，你的車停在哪裡？」柯根說。

「拜託，」法蘭基說：「我的車停在奧本代爾的一個停車場。」

「我只是確定一下，」柯根說：「你可不能直接開車到那裡，人們有時候會忘記這一點。」

柯根把車停在那輛福特ＬＴＤ旁邊，停車場內亮著燈光，但卻空空蕩蕩的。柯根打開駕駛座的車門，法蘭基開始挪動身體，柯根下了車，換法蘭基坐回駕駛座，雙手放在方向盤上。柯根左手抓著門把，右手從外套底下取出一枝槍管長兩吋的史密斯威森警用點三八手槍。

「你現在可要記住了。」柯根說道，他把手槍放低在車窗底下。

「我知道，我知道，」法蘭基說：「我先把這輛鳥車丟掉，然後去開我的車，車速不能太快，並且——」

柯根舉起槍，朝法蘭基臉上射了一發，法蘭基倒向乘客座，柯根探進車窗內，槍口抵著法蘭基的胸口又開了四槍，火藥燒灼著法蘭基的夾克，每射一槍都使他的身體抖動一下。

柯根把槍插進外套口袋，從另一個口袋取出沒有襯裡的皮手套和一條紅色手帕。他開始擦拭整輛德斯特轎車。

19

下午剛過一半，柯根開著他那輛漆了火焰圖案的白色厄爾卡米諾小卡車，駛進位在麻薩諸塞州南阿特波羅市假期飯店的停車場，停在銀色龍捲風轎車旁邊。那輛龍捲風轎車旁有塊招牌上寫著：「歡迎南方青年商會蒞臨」。柯根走進了飯店。

那司機坐在吧臺前，無聊的喝著一大杯薑汁汽水。柯根在他身旁的高腳椅坐下。

「你來晚了。」那司機說道。

「以前我母親常對我說：『你連你自己的葬禮也都會遲到。』但願如此。」柯根說。

「希望到時候的排場夠大。」那司機說。

「我會盡力而為。」柯根說完，對著酒保說道：「啤酒。」

那酒保倒給他一杯麥格黑啤酒。

「看來一切都控制住了，」那司機說：「終於。」

「你知道嗎，」柯根說：「以一個我極力效勞的傢伙而言，你實在很難伺候。我本來想請你開車到波士頓見面的，因為我要去一趟夫拉明罕，用不著跑到這裡來，我算是很優待你了。」

「夫拉明罕出了什麼事？」那司機說：「天塌下來了不成？」

「不是，」柯根說：「史提夫任務失敗，射偏了一百毫米，我開他的車，他開了我的小卡車，所以我去那裡跟他見面，給他一點……你知道的，我偶爾喜歡幫幫別人的忙。」

「幫我一個忙，」那司機說：「永遠不要幫我忙，好嗎？你幫忙的方式我可是見識到了。」

「我跟你說，」柯根說：「把錢給我吧。」

那司機交給柯根一個厚厚的白色商用信封袋。

「失陪一下。」柯根說道，他離開了高腳椅。

「怎麼，**去數錢**？」那司機說。

「上個一號，」柯根說：「別管我，行嗎？你讓我很緊張，我一緊張，就想撇尿。幫幫忙，再喝點薑汁汽水吧。」

柯根進去了洗手間，過了一會兒回來。

「感覺舒服了嗎？」那司機說。

「沒有，」柯根說：「這裡只有一萬五。」

「一共是三個人的，」那司機說：「我是不太確定，所以問他是否應該把那小子的一份付給你，他說應該要付。」

「他說的也對，」柯根說：「所以是一個人五千。」

「沒錯，」那司機說：「他跟我說要算米齊一份。」

「對喔，」柯根說：「但據我所知，米齊跟一個婊子鬧翻了。那個傻瓜，現在他們把他抓進去牢裡了。米齊沒辦法做事了，而我可以很快幫每個人辦妥事情，從現在起，我的收費漲到一萬。」

「迪隆只收五千，」那司機說：「他也對我這麼說。」

「再也不是了。」柯根說。

「要知道，」那司機說：「你是代替迪隆，迪隆收多少，我們就付你多少，不可能更多。你去跟迪隆商量，這個我沒辦法處理。」

「你們什麼事都處理不了，」柯根說：「你們沒有一個能，每件事都搞得一團亂，結果好了，你們需要找人來把事情擺平。我只是要告訴你，從現在起，我的收費要提高。」

「你去告訴迪隆，」那司機說：「去跟他商量。」

「迪隆死了，」柯根說：「今天早上死的。」

那司機沉默了一會兒，隨後他說：「他聽了會很難過。」

「不會比我難過。」柯根說。

那司機啜了一口薑汁汽水。「我想，」他說：「我想……不知死因是什麼？」

「我知道病名，」柯根說：「我今早回家，看到我老婆留下的字條，迪隆半夜被送進醫院。他們通知我死因，我只知道這些。」

「這麼說，他是死在醫院裡。」那司機說。

「我才剛說過，」柯根說：「我不曉得是怎麼回事，只知道他們說是『心肌梗塞』，你知道那是什麼嗎？我猜是指心臟方面的毛病。」

「那正是他生的病，」那司機說：「呃，那怎麼辦？迪隆死了，這個混蛋。」

「其實，他不是個壞人。」柯根說。

「對，」那司機說：「我想他不是。他不是個壞人。」

「他一直，」柯根說：「他從不，唉，我認識迪隆很久了，你知道吧？我是因為迪隆才踏入這一行的，他說我除了處理記帳之外，應該還可以做點別的，像是這一類的事務，你懂吧？他是真正讓我開竅的人，我認識他很久了。」

「他認識迪隆也很久了，」那司機說：「他對迪隆十分敬重。」

「那當然，」柯根說：「我也是。你知道為什麼嗎？」

「因為你怕他？」那司機說。

「不，」柯根喝乾了啤酒，說：「不是那麼回事。而是他懂得做事情的規矩，行嗎？」

「別人也這麼告訴我。」那司機說。

「要是有誰破壞了規矩，」柯根說：「他知道該怎麼處理。」

「你也是。」那司機說。

「對，我也是。」柯根說。